KB017059

일본적 마음

일본적 마음

1판 1쇄 발행 2017년 11월 30일
1판 3쇄 발행 2020년 6월 10일

지은이 김응교
펴낸이 김현정
펴낸곳 도서출판리수

등록 제4-389호(2000년 1월 13일)
주소 서울시 성동구 행당로 76 110호
전화 2299-3703
팩스 2282-3152
홈페이지 www.risu.co.kr
이메일 risubook@hanmail.net

ⓒ 2017, 도서출판리수
ISBN 979-11-86274-30-9 03810

※책값은 뒤표지에 있습니다.
※잘못 제본된 책은 바꾸어 드립니다.
※이 도서의 국립중앙도서관 출판시도서목록(CIP)은 서지정보유통지원시스템 홈페이지
(http://seoji.nl.go.kr)와 국가자료공동목록시스템(http://www.nl.go.kr/kolisnet)에
서 이용하실 수 있습니다. (CIP제어번호 : CIP2017028667)

※한국출판문화산업진흥원의 출판콘텐츠 창작자금을 지원받아 제작되었습니다.

일본적 마음

김응교 인문여행에세이
1996~2009

책읽는고양이

차례

1부. 예술

2부. 독서

3부. 사무라이[侍]

4부. 야스쿠니[靖國]

1부. 예술

파도아가리

김응교

냉혹한 물튀김
카메라가 없었던 에도 시대
화가의 눈은 튀는 물방울을 주시한다
1만 분의 1초를 포착하는 디지털 눈

해발 3,776미터의 후지산을 삼킬듯 덤벼드는 파도,
마구 흔들리는 세 척 생선잡이 조각배에
사공들이 아가리 앞에 납작 엎드렸다
버티자 꽉 잡아

괴물이 침을 슬어 놓고
영산(靈山)은 묵묵히 버티고 있는 이 그림을 보고
드뷔시는 교향곡 「바다」를 작곡했다지

침묵 바다에 물결 퍼지고 해일이 몰려 온다
운명 앞에는 붉은 잔양(殘陽)은 예견 못할 미래마냥
음산하다
치솟는 파도의 꼭지점
교향곡의 절정에서
까마득 배멀미 앓으며 소리친다
지구의 모든 존재들아
버티자 꽉 잡아

「가나가와 앞바다의 파도 뒤(神奈川沖浪裏)」

와비사비 미학

그윽한 초가지붕

와세다대학 오오쿠마 강당 옆에는 넓은 잔디가 펼쳐진 일본식 정원이 있다. 바람 솔솔 한껏 쉬고 싶은 날, 잔디에 앉아 도시락을 먹는 학생들에게 이 잔디밭은 고즈넉한 추억으로 남는다. 이 정원을 찾는 많은 방문객들은 거대한 로얄 리갈 호텔을 배경으로 사진을 찍고 돌아간다. 정작 중요한 것은 모른 채.

바로 정원 구석 숲속에 있는 허술한 집 한 채. 판자집 같이 엉성하게 엮어진 누추한 집. 강진의 다산 유배지 건물이 더 화려하고 멋지게 느껴질 정도로 소박한 집 한 채. 그늘 속에 있어 잘 보이지 않는 그 집 옆으로 이끼 긴 냇물이 흉내만 내며 흐르고 있다. 어느 정도 축축함과 적막감이 근저(根底)에 흐르고, 화려한 아름다움을 꺼리는 집이다. 정원 쪽에서는 이 집이 잘 보이지 않지만, 이 집

바로 정원 구석 숲속에 있는 허술한 집 한 채. 이 집은 이 정원에서 중요한 역할을 한다.

다다미 방에서 정원은 풍경화마냥 정답다.

간지소[完之莊]라는 이 집은 이 정원에서 중요한 역할을 한다. 이 곳은 가장 중요한 국빈이 올 때 문을 열어, 손님을 맞이하는, 오랜 다다미방을 갖춘 집이다. 미 대통령 클린턴이 와세다대학을 방문했을 때도 로얄 리갈 호텔이 아닌 이 허술한 집 다다미방에서 식사했다고 한다.

실은 일본의 저택에는 이러한 허술한 집이 한 채씩 있다. 교토의 화사한 금각사나 은각사에 가면, 흔히들 연못 한가운데 번쩍이는 금과 은이 붙여진 멋진 집만 사진 찍고 돌아온다. 정작 그 집을 감상하는 언덕 위 작은 집은 누군가 설명해주지 않으면 그저 함바집으로 생각하고 지나치기 일쑤다. 옛날 사람들은 바로 이 집에서 금각사와 은각사를 내려다보며, 차 한잔을 그윽하게 마시고 정원을 감상했었다.

가마쿠라에 처음 갔을 때도 나는 이 집처럼 허술해 보이는 집을 많이 보았다. 처음 들른 절은 가마쿠라 역에서 서쪽으로 걸으면 보이는, 삼나무길 계단이 인상적인 엔가쿠지[円覺寺]다. 1282년 여몽(麗蒙) 연합군의 침입으로 죽은 병사들의 넋을 위로하기 위해 지은 사찰이다.

이 절에서 한국에는 보기 드문 초가지붕의 절을 보았다. 이 절 맞은편에 있는 도케이지[東慶寺]에서도 초가지붕 절을 보았다. 특히 이 절에는 초가지붕 아래 종이 달려 있어 특이했다. 그러고 보니 가마쿠라에는 초가지붕

이 덮인 절이 많았다. 이 초가지붕 절은 불교적인 무상관(無常觀)을 머금은 그늘을 드리우는 듯했다.

초가지붕 절집에서 난생 처음 차잎을 절구에 곱게 갈아 물에 섞은 '맛차[抹茶·가루차]'를 마셨다. 일본의 차문화는 가마쿠라 시대 승려 에이사이(榮西)가 송나라에서 차문화를 들여오면서 시작됐다. 그는 1191년에 맛차 제조법과 묘목을 들여와 전했다. 당시 주로 사찰에서 마시던 차는 상류층은 물론 서민의 기호품으로 번져나갔다. 지금의 커피 같은 기호식품이었다. 초가지붕의 절집 곁에서 맛차를 마시는 분위기는 은은하며 독특했다.

딸랑딸랑, 실바람에 실려오는 방울 종소리를 들으며 맛차를 마시는 마음에 끝 모를 평안이 밀려왔다.

"이거 형용할 수 없이 평안하고 그윽하네요."

아이마냥 좋아하는 내 말에, 동행했던 와세다대 오오무라 마스오 교수님께서 답하셨다.

"이런 분위기를 바로 와비사비라고 하지요."

내가 '와비사비'라는 말을 처음 들은 것은 바로 이때였다.

손님을 검소한 방에서 조용히 모시는 전통, 절의 건물도 초가지붕으로 씌우는 그늘진 분위기. 조금 풀어 표현하자면, 간소(簡素)의 정신 혹은 가난함과 외로움을 즐기는 풍류정신이라고나 할까.

다도의 은근한 멋

쉽게 말하면 '고독과 빈궁함, 자연의 정취를 있는 그대로 즐긴다'고 말할 수 있겠다. 예스럽고 한적한 정취를 의미하는 와비사비[わびさび]는 일본의 다도(茶道)에도 중요한 정신적인 미의식으로 기능했다. 와비사비는 중세 전국(戰國) 시대의 전란을 거쳐, 그후 모모야마[桃山] 시대의 현란하고 화사한 번영을 지나 이윽고 도달한 경지라고 할 수 있다.

그 원류는 센노리큐[千利休, 1522~1591]까지 거슬러 올라간다. 센노리큐는 오다 노부나가와 도요토미 히데요시의 30년간의 정권을 말하는 아즈치 모모야마[安土桃山, 1573~1603] 시대 때 다도의 대가다.

날마다 싸움이 전개되는 전국시대였다. 전쟁터에 나가기 전에 마음을 집중하기 위해 무장(武將)들은 다실(茶室)에 가서 침묵을 즐기곤 했다. 노부나가나 히데요시도 리큐의 차를 아끼고 사랑했다. 조용한 다실에서 차를 우려내는 데 집중하며, 마음을 차분하게 하고, 자기 자신과 마주하여 정신을 갈고 닦는 구도의 길을 리큐는 전했다. 이 경지가 바로 '와비' 곧 '조용하게 맑고 가라앉은 정조'를 즐기는 것이다. 리큐는 엄숙하고 따뜻하며 동시에 속된 데가 없이 깔끔한 차를 '와비차[わび茶]'라고 했다.

다도에는 '이치고이치에[一期一會]'라는 말이 있다. "모든 만남은 일생에 딱 한 번 있으니, 상대에게 최선을

와비의 창조자, 센노리큐.

다하라."는 뜻이다. 두 번 다시 못 만난다는 마음으로 최선을 다해서 차를 대접하는 마음, 보다 좁은 공간에서 차를 대접해야 한다고 생각했던 리큐는 다실 문을 겸손히 허리를 굽히고 들어가도록 낮게 만들고, 다다미 한 장 반정도의 작은 방을 구상했다. 하지만 이러한 리큐의 소박한 정신은 조선 정벌을 나서며 팽창주의로 치달았던 도요토미 히데요시와 마찰을 일으켰고, 마침내 리큐는 69세에 죽임을 당했다.

앞서 와세다대학처럼 저택의 한 구석 또는 정원 숲속이나 언덕에 있다는 허술한 찻집은 바로 리큐의 그러한 정조를 느끼기 위한 조용한 공간이다. 비좁은 곳의 쓸쓸함 속에서 깊이 있는 마음의 교제를 나누고자 하는 공간인 것이다.

지금도 일본인은 차를 즐겨 마신다. 서양 음료에 밀려 다도의 위기론이 거론되기도 하지만, 차의 성분과 효능에 대한 과학적 재평가가 이뤄지고 건강에 대한 관심이 높아지면서 인기가 되살아났다. 캔음료로 널리 팔리고 있으며 맛차를 넣은 아이스크림도 인기를 끌고 있다.

하이쿠, 생략의 멋

독특한 정형시 하이쿠[俳句]에서도 와비사비 미학은 중요하다. 원숙하고 은근한 멋을 의미하는 와비사비 미학이 하이쿠의 작풍이 된 것은 마쓰오 바쇼[松尾芭蕉, 1644~1694] 때부터다. 가령,

가는 봄이여　行く春や
새 울며 물고기의　鳥啼き魚の
눈엔 눈물이　目は涙

를 읽어보자. 어찌 보면 무의미를 지향하는 것 같으나, 이 시에는 깊은 맛이 숨겨져 있다. 이 하이쿠는 봄이 지나가는 순간에 정처없이 하늘을 떠도는 새도 울고, 물 속 물고기도 눈물 흘린다고 쓴다. 시가 되기에는 너무도 짧은 17음절 속에 바쇼는 일상과 세월의 무상함을 담아내고 있다. 읽는 이에 따라서는 물고기 눈의 눈물을 한없는

이별의 눈물로 공감할 수도 있고, 돌아오지 못할 길을 떠나는 나그네의 눈물로 해석할 수도 있다.

바쇼는 이상적인 하이쿠[俳句]가 되려면, 한적함을 뜻하는 '사비[さび]', 가벼운 일상을 의미하는 '카루미[輕み]', 심오한 깊이가 있어야 한다는 '호소미[細み]'가 있어야 한다고 말했다. 이 시에는 한적함, 가벼운 일상, 심오한 깊이가 모두 담겨 있다. 여기에는 자잘한 이해(利害)나 번거로운 인간관계를 초월한 아름다운 순간이 담겨 있다.

하이쿠의 생략기법 역시 와비사비와 관계 있다. 독자는 자신의 상상력으로 생략된 공간을 채워야 한다. 하이쿠는 미완성의 암시다. 하이쿠는 독자의 상상력에서 완성된다. 이러한 태도가 하이쿠적 커뮤니케이션이다. 메시지에 집착하지 않고, 서로 마음을 열어 정답을 찾기보다는 여러 의견에 귀 기울이는 태도이다. 차를 마시며 대화를 나눌 때 느끼는 분위기와 비슷하다.

'와비[わび]'란 가난함이나 부족함 가운데에서 마음의 충족을 끌어내는 미의식의 하나이다. 서글프고 한적한 삶에서 아름다움을 느끼고, 탈속(脫俗)에까지 승화되는 경지, 바로 가난함(貧)의 미의식이다. 모든 것을 버리고 인간의 본질을 붙잡으려는 정신이다. **'사비[寂, さび]'란 한적한 곳에서도 더없이 깊고 풍성한 것을 깨닫는 미의식이다.** 단순한 호젓함이 아닌, 깊이 파고드는 고요함, 그

속에서 한없는 깊이와 넓이를 깨닫는 미의식이다.

영화, 침묵과 정지의 아름다움

일본의 뛰어난 애니메이션이나 영화에서도 이러한 '차분하고 깊은 맛'을 만나곤 한다.

미야자키 하야오[宮崎駿] 감독의 「센과 치히로의 행방불명」이나 「모노노케 히메(원령공주)」 같은 일본 애니메이션을 볼 때, 우리는 월트 디즈니 애니메이션과는 왠지 다른 정지된 화면과 침묵의 아름다움을 느낄 때가 있다. 장면이 빠르고 세세하게 지나가는 미국 애니메이션과 달리, 일본 애니메이션은 가끔 화면이 정지되면서 침묵의 공간이 형성되곤 한다. 물론 처음에는 경제적인 이유로 그림 숫자를 줄이다 보니, 디즈니랜드 영화보다 일본 만화영화의 인물 움직임이 부자연스럽게 보였으나, 이러한 경제적인 이유가 나중에는 오히려 일본의 미학을 살리는 요인이 되었다. 오랫동안 영상이 정지되어 있을 때, 마치 정물화를 감상하듯이 일본 애니메이션에 빠지게 되는 것이다.

비교하자면, 디즈니 애니메이션을 보는 관객은 수동적 태도가 되는데, 일본 에니메이션을 볼 때는 관객이 능동적으로 상상하며 참여하게 된다고 한다. 디즈니 만화영화는 수동적인 팬을 양성하며 강력한 계몽주의적 담론을 재생산하는 반면, 일본 애니메이션은 능동적인 관객을

영화 「모노노케 히메(원령공주)」.

훈련시키는 열린 텍스트를 전제하면서, 중독성 있는 메
시지를 세뇌시킨다. 바로 정지와 침묵의 공간이 있기에
관객이 그 사이를 상상력으로 메우면서 생기는 능동적

현상이라 할 수 있겠다. 이 또한 와비사비 미학이 자연스럽게 녹아들어간 현상이라고 할 수 있겠다.

한국인들이 보면 왜 울까 싶을 정도로 일본인들이 눈물 흘리며 보는 「철도원」이라는 영화가 있다. 평생 눈발이 날리는 호로마이 역을 지키는 주인공 오토는 아이가 아파도, 아내가 병원에서 죽어가도, 기차 하나만 바라보고 산다. 오토는 철도시간에 맞추느라 딸과 아내의 죽음조차 보지 못했다. 철도부 관리에서 스키장으로 직장을 옮긴 동료 스기우라와 달리 오토의 삶은 너무나 적적하기만 하다.

이러한 오토의 삶을 보며 눈물 흘리는 일본인 관객의 마음에는 무엇이 있을까. 삶의 중심에서 완전히 비켜나간 여백과 같은 오토의 삶에 무슨 매력이 있기에 이 영화를 보며 그리도 많은 사람이 울었을까. 그것은 바로 와비사비 정조 때문이다. 힘 빠지고 쓸쓸한 아름다움은 이 영화에서 중요한 기능을 한다. 젊은 청년이었던 오토가 반백의 노인이 되어 쓸쓸히 기차를 기다리는 모습은 와비사비의 절정을 보여준다. 보잘것없는 한적함과 가난 속에서 제자리를 지켰던 오토를 보며, 그 쓸쓸함에 감동의 눈물을 흘렸던 것이다.

와비사비와 동양문화

와비사비의 미학은 수필, 와카[和歌], 하이쿠, 회화, 조각, 건축, 정원 유리, 도자기, 다도(茶道), 음악, 무도뿐만 아니라, 일상언어에서도 나타난다.

가령 '안녕하세요'는 일본어로 '곤니찌와[今日は]'인데, 우리말로 직역하면 그저 '오늘은…' 하고 여운을 둔 말에 불과하다. 뒷말이 어떻든 인사가 되는 것이다. 일종의 생략과 여운을 즐기는 것이다.

패전 후 일본은 와비사비와 반대의 길을 걸었지만, 도쿄라는 대도시를 둘러싼 시타마치[下町] 지역은 옛날 그대로 보존되어 있어서 옛날 전차도 볼 수 있다. 분명히 일본인들은 옛것의 그윽함을 즐기고 있는 것이다. 그 그윽함을 한 번 경험하면 그립기까지 하다.

가끔 가마쿠라의 맛차가 그립고, 시타마치에서 살 때의 다다미방 건초냄새가 코끝에 어른거리곤 한다. 그 그윽함은 돈으로도 환산할 수 없는 가치다.

와비사비 미학이 일본만의 독특한 문화라고 나는 생각하지는 않는다. 동양문화 곳곳에 그러한 요소는 숨어 있다. 그러기에 서로 와비사비를 통해 대화할 가능성이 있다.

가난과 고독에 찌들어 사는 것이 아니라, 그것을 오히려 풍성하게 받아들이는 와비사비의 미학은 우리의 풍류(風流)와도 통한다. 가령 지금은 잊혀져가는 한(恨)의 문화도 그러하다. 한스러움을 남에게 탓하지 않고 판소리나 마당극으로 만들어낸 우리 선인들의 지혜도 그러하다. 고독과 자연과 빈궁함을 즐기는 강진에 있는 다산 정약용 유배지 건물도 와비사비 미학과 통한다. 인간의 고독과 빈궁함은 이렇듯 오히려 넉넉함을 만들어내곤 한다.

와비사비의 미학은 다른 동양문화와 대화할 여지를 준다. 거대함과 신선함과 떠들썩함이 근대화의 키워드로 되어 있는 이 시대에 와비사비의 미학을 회복함은 '동아시아 공동의 집'을 만드는 검소한 태도가 아닐까.

다소 비좁아 보이는 공간에서 당신을 모시려는 일본인이 있다면, 정성을 다해 와비사비의 마음으로 대우하는 것으로 받아들이고, 고요히 그윽한 분위기를 누려보자.

『MORNING CALM』, 2006. 9.

근대의 첫장, 풍속화 우키요에

　　일본 화랑을 다니면 일본인들이 특별히 사랑하는 현대화의 거장들이 있다. 프랑스 바르비종파의 그림은 히메지에 사는 재일교포가 통째로 사왔고, 만화 같다며 프랑스 화단에서 버림받았던 베르나르도 뷔페(Bernard Buffet, 1928~2001)의 그림도 일본인이 대부분 사왔다. 일본인들이 좋아하는 그림은 베르나르도 뷔페처럼 만화같은 그림, 혹은 일본과 교류를 가졌던 이른바 '자포니즘(Japonizm)' 시대 유럽인이 그린 그림이 많다. 결국 일본인들이 좋아하는 미학적 감수성의 한 부분을 이해하려면 그 뿌리가 되는 풍속화 우키요에를 보아야 한다.

　　이제, 우키요에를 보러 가자. 도쿄에서 우키요에를 보려면, 지하철 2호선처럼 빙빙 도는 야마노테선을 타고, 하라주쿠 역에서 내려야 한다. 하라주쿠에 있는 메이지 신궁 맞은편 길로 내려가면 오타 기념미술관(太田記念美

베르나르도 뷔페(Bernard Buffet, 1928~2001) 작품.

術館) 간판이 나온다. 이제 슬슬 걸어내려가면서 풍속화
에 대해서 얘기해볼까.

근대 사회의 첫 장, 풍속화

풍속화(風俗畵)는 일상생활을 그린 그림을 말한다. 멀
리 고구려 벽화, 고대 이집트 벽화, 폼페이 벽화, 그리스
나 로마의 모자이크에서 포도주 빚는 일상생활 등을 엿
볼 수 있다. 중세에는 일상생활이 예술 표현의 대상이 되
지 않았으므로 엄밀한 의미에서의 풍속화는 없다.

우리가 말하는 **풍속화는 16세기부터 18세기에 이르기
까지 전 세계를 휩쓸었던 하나의 화풍을 말한다.** 풍속화
는 봉건 왕조시대를 밀어붙인 시민의식의 개화로 시작되

었다. 돈을 가진 신흥계급이 부상하면서 중세적 신분질서가 무너지고 도시문화가 정착되었던 시기였다. 바로 막스 베버(Max Weber)가 『프로테스탄티즘의 윤리와 자본주의 정신』(1920)에서 북부유럽의 신흥부유층들을 연구했던 시기였다. 부유층들은 화가에게 자기 초상화나 자기가 원하는 일상생활 그림을 그려달라고 부탁했다.

서유럽 미술에서 풍속화는 17세기의 네덜란드에서 본격적으로 꽃핀다. 당시 쟁쟁한 화가였던 렘브란트, 루벤스, 벨라스케스 등도 풍속화를 많이 그렸다. 예전에 신화나 성서의 세계를 그렸던 화가들은 서민생활의 주방, 혹은 브뤼겔처럼 농촌생활로 눈을 돌리기 시작했다.

영국의 호가스는 인간의 추악한 면을 비판하는 이야기를 그림에 담았는데, 런던에 만연한 탐욕과 부도덕을 폭로했던 그의 그림은 인기가 있었고, 덕택에 그는 큰 성공을 거두었다. 19세기의 사실주의 사조는 많은 풍속화를 낳았다. 자연을 추구하는 가운데 농민들의 생활을 그린 밀레, 노동자의 생활을 다룬 쿠르베 등이 각각 독특한 풍속화를 보여줬다.

동양에서는 한국의 김홍도, 신윤복 등이 그렸던 풍속화, 중국의 니엔화[年畵], 일본의 우키요에[浮世繪], 베트남의 테트(Tet)화 등이 17세기 이후 동아시아를 휩쓸었다. 중국은 이미 북송 때 수도인 카이펑[開封]의 도시풍속을 파노라마 형식으로 그린 그림이 있었다. 명대에는 소설의 삽화를 중심으로 풍속화가 발달했는데, 청나라 때는 퇴폐적인 소설을 탄압하는 바람에 풍속화 제작이 주춤해지고 대신 우리의 민화에 해당하는 니엔화가 유행했다.

억압적인 유교적 가치관에 눌려 있던 중국이나 조선과 달리, 일본은 17세기 후반, 지금의 도쿄인 에도[江戸]를 중심으로 우키요에가 꽃을 피웠다.

성의 자유화 혹은 상품화

'우키요에[浮世繪]' 란 말 그대로 '잠시 머물 현세에서 들뜬 기분으로 편히 살자' 는 생각을 담은 그림이다. 초기에는 붓을 사용한 병풍그림이었으나, 판화로 찍어내면서 대량 생산하기 시작했고, 서민들도 누구나 값싸게 구할 수 있었다. 우키요에는 서민생활과 자연풍경에서부터 가부키배우나 기녀, 미인도 및 도색적인 내용까지 일상과 풍속을 강렬한 배색과 대담한 구도로 담고 있다.

사창가의 기녀들을 그린 미인도는 '마쿠라에[枕繪]' 라고도 하는데, 시쳇말로 잠자리에 누워 자위하면서 보는 그림이다. 세계에서 유래를 찾기 어려운 포르노그래피가 폭발하듯 터져나왔다. 혜원(蕙園) 신윤복(申潤福)의 풍속화에는, 단오날 삼삼오오 짝을 지어 야외로 나서는 여인들, 나온 배를 거리낌없이 드러낸 퇴기, 젖가슴과 허벅지는 드러내되 음부만은 교묘하게 감춘 여인들이 등장하

거울을 보는 여인(1808)
카츠시카 호쿠사이, 비단에 채색, 32.4×86.1센티미터.

도슈사이 샤라쿠(東州齋寫樂) 작품.

지만, 우키요에의 춘화(春畵)는 동양의 유교권 문화에서 볼 때 도저히 받아들이기 힘든 외설성을 보여주고 있다.

　이렇게 섹스의 아름다움을 당당하게 그려낸 풍속화는 실은 제도와 관습의 굴레에서 벗어난 성의 해방을 강조한다고 볼 수 있다. 사회적으로 억눌리던 생식(生殖)에 주목함으로써 건강한 섹스의 역할을 강조했고, 근대적 인간관을 제시했다고 할 수 있겠다.

　가부키의 인기 있는 배우를 선전하는 브로마이드 사진과 같은 '야쿠샤에[役者繪]'도 주목된다. 인기 있는 영화

배우의 사진을 들고 다니듯이, 관객은 가부키가 끝나면 극장입구 옆에서 파는 가부키배우의 얼굴을 사갔던 것이다.

우키요에의 거장으로 몇 사람이 있다. 남성적인 필체의 강렬한 선을 보여준 도슈사이 샤라쿠[東州齋寫樂, 18세기 말 활동]는 한국의 김홍도와 비교되곤 한다. 또한 여성적인 가녀린 화풍으로 에도 시대 최고의 미인상을 그린 기타가와 우타마로[喜多川歌, 1753~1806]는 신윤복과 비교되곤 한다. 그런데 우키요에를 유럽과 전 세계에 알리는 결정타를 날린 화가는 카츠시카 호쿠사이[葛飾北齋, 1760~1849]이다.

카츠시카 호쿠사이

그의 그림을 나는 엽서에서 처음 보았다. 작은 엽서에 시리즈로 그려져 있는 후지산은 묘한 울림을 주었다. 그런데 그 그림의 주인을 도쿄 에도박물관에서 만난 것이다. 에도 시대 때 '후카쿠'라고 했던 후지산을 배경으로 한 36장면의 풍경화 「후카쿠 36경(富嶽三十六景)」이 그 박물관에 걸려 있는데, 그중에 엄청난 파도가 후지산을 삼킬 듯이 출렁이는 그림에서 나는 눈을 뗄 수가 없었다. 그림 속에 빨려 들어가는 느낌이 들었다.

15.6×22.7센티미터 그러니까 A4 용지 크기에 그려진 그림이 왜 이리도 마음을 끌어대는지 도대체 나는 헤어

「후카쿠 36경(富嶽三十六景)」 중 '가나가와 앞바다의 파도', 카츠시카 호쿠사이.

나올 수가 없었다. 그래서 그 그림이 그려진 엽서도 사고, 달력도 사고, 그 그림의 마니아가 되었다.

저 생생한 파도의 물튀김을 어떻게 그렸을까. 카메라도 없던 시대에 그는 어떻게 저리 생생하게 튀는 물방울을 포착할 수 있었을까. 이 그림을 그리기 위해 얼마나 오랫동안 바다를 관찰했을까. 실제로 호쿠사이는 몇 년간을 바닷가에 앉아서 파도를 그리는 연습을 했다고 한다. 호쿠사이의 눈은 1만분의 1초를 포착하는 디지털 카메라가 아닐까.

이 그림에는 일본인의 잠재심리까지 정밀하게 묘사되

어 있다. 해발 3,776미터의 후지산을 삼킬 듯이 덤벼드는 파도에 마구 흔들리는 세 척의 생선잡이 조각배. 배에 탄 사공들은 무너지는 성(城), 아니 할퀴려듯 달려드는 이무기의 아가리 앞에 납작 엎드릴 수밖에 없다. 바다, 이무기, 아니 거역할 수 없는 운명이라 해도 좋겠다. 그 대결을 묵묵히 바라보고 있는 영산(靈山) 후지산. 파도와 어부의 역동성과 한가운데 버티고 있는 후지산을 팽팽한 긴장감으로 찍어낸 풍경화다. 이러한 풍경은 자연과 재해에 맞대응하는 일본인의 집단심리를 그대로 담아냈다고 할 수 있겠다. 도쿄에 지진이 온다고 어수선 대는 지금도 마찬가지 풍경이 아닐까. 이 그림은 일본 사람 집에 놀러가면, 거실에 걸려 있는 그림으로 자주 마주하곤 한다.

프랑스의 작곡가 드뷔시가 이 그림을 보고 교향곡 「바다」를 작곡했다고 한다. 조용한 바닷가로부터 시작하여 심벌즈가 챙챙 물 튀기듯 울리는 절정에 이르는 드뷔시 교향곡 3악장 「바다」를 유튜브에서 찾아 들으며, 나는 가끔 이 그림을 명상한다. 그때마다 그림 속의 파도는 크게 출렁이고, 나는 운명 앞에 엎드린 어부가 된다. 보통 사람 눈으로는 보이지 않는 순간을 예리하게 포착해서 그려낸 호쿠사이의 대표작 「후가쿠 36경」 중 「가나가와 앞바다의 파도」 속의 한 명 어부가 되어버린다.

일본 만화의 시초, 호쿠사이 만화

다양한 사조를 연습했던 호쿠사이는 끊임없이 새로운 시도를 했다. 20대와 30대에 호쿠사이는 주로 미인도를 많이 그렸다. 이후 50세 중반부터 60세까지 6년 동안 열정을 다해 그렸던 『호쿠사이 만화[北齋漫畵]』는 사후 출판된 것을 포함하여 15권에 이르는 대작이다. '만화'라고 되어 있으나 지금의 만화책처럼 하나의 스토리로 된 것이 아니라, 서민의 일상생활을 스케치 해서 모은 일종의 데생집이다. 우리는 여기서 신기에 가까운 정밀한 소묘에 감탄할 수밖에 없다. 중요한 것은 그 기법이 오늘날 만화기법의 시초가 되었다는 점이다. 그래서 여러 권의 화첩을 남겼던 호쿠사이는 '일본 만화(ジャパニメーション, Japanimation)의 시조(始祖)'로도 불린다.

『호쿠사이 만화』에서 그는 그때까지 없던 새로운 기법을 사용하기 시작했다. 예를 들면, 뛰어가거나 화가 났을 때 표현하는 '=3=3'과 같은 '효과선(效果線)'은 이미 호쿠사이가 만들었던 것이다. 그리고 칸을 나누어 시간의 흐름을 나타내는 '코마와리[コマ割り]'도 호쿠사이가 만들었다. 이러한 효과를 통해서 인물과 시간의 움직임을 현장감 있게 전하려 했다.

그가 스케치한 인물들의 얼굴이나 노는 장면을 보면 마치 현대의 만화와 거의 다르지 않다. 특히 그는 서민의 생활상을 만화책에 담았다.

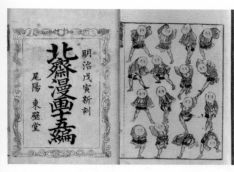

『호쿠사이 만화(北齋漫畵)』.

호쿠사이 그림은 당시 인기가 있어 수요가 있는 대로 판화(版畵)로 찍어냈다. 그것이 판화로 수백 장 찍혀서 팔렸는데, 정작 밑그림 그리는 돈만 받았던 호쿠사이는 매우 가난한 삶을 살았다고 한다. 지금도 그 귀한 호쿠사이 그림을 우리는 공항 편의점에서 값싼 엽서로 사지 않는가.

호쿠사이와 자포니즘

"내게 5년의 수명을 준다면"이라는 희미한 탄식을 뱉으며 1849년 하늘나라로 간 호쿠사이는 일본 미술을 유럽에 알리는 역할을 했다. 에도 시대에 이르러 상업과 도시가 발달하고 전반적인 서민층의 경제력이 향상됨에 따라, 서민층도 여유가 생겨 판화(黑白, 多色)로 대량생산되던 우키요에를 사 모으기 시작했다. 아쉽게도 에도 시

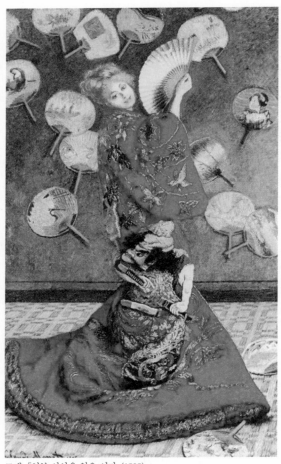

모네, 「일본 의상을 입은 여자」(1808).

대 250여 년간 꽃피웠던 우키요에는 메이지 시대에 들어서면서 사진과 제판, 기계인쇄 등의 유입으로 쇠퇴의 길로 접어들었다. 시중에 너무 많이 나돌았고, 가치가 떨어져 서양으로 수출하는 도자기의 포장용지로 사용되기도 했다. 한국과 중국에서는 거들떠보지 않았던 이 '싸구려' 목판화가 세계 미술사에서 극적으로 놀라운 평가를 받기 시작한다.

호쿠사이의 놀라운 창조력에 충격을 받은 유럽의 화가는 고흐(Vincent Van Gogh)였다. 고흐뿐만 아니라, 수많은 화가들이 호쿠사이의 만화집을 보물처럼 모으기 시작했다. 그들은 우키요에의 기법을 자기 작품에 이용하기 시작했다. **유럽 미술에 끼친 우키요에의 영향을 후세 사람들은 '자포니즘(Japoniosm)' 이라고 명명했다.**

계간 『쿨투라』, 2006년 여름호.

거대한 소리의 물결, 산쟈 마쓰리

도쿄의 여름은 소리로 온다

바람에 흔들리는 처마 끝의 간지러운 방울종 소리, 초록 4월부터 축제를 준비하는 어린아이들이 저녁 늦게까지 내는 작은 북과 요령 소리, 그리고 5월 어느 날, 터질 듯한 함성과 함께 수백 명이 가마를 밀고 당기며 내는 거친 숨소리와 함께 일본의 여름을 부르는 소리는 극에 달한다.

소리가 한데 모이는 곳이 바로 매년 초여름에 열리는 산쟈 마쓰리다. '마쓰리' 라는 단어는, 동사 '마쓰르[祭る・奉る]' 에서 왔다. 말마따나 '신에게 봉헌하고 제사한다' 라는 종교적 축제를 의미한다. 신이 내릴 때 무녀는 적극적으로 신을 맞아 자기 몸에 받아들여야 하고, 즉 신을 '맞아들임' 이 필요한데, 이 말이 '맞들이(matsturi)' 가 되었다가 현해탄을 건너면서 'ㄹ' 이 연음화되면서 '마

つり(matsuri)'가 되었다는 그럴 듯한 설도 있다.

마을축제 마쓰리[祭り]는 일본 전국에서 1년 내내 끊이지 않고 열린다. 봄·가을에는 농촌 마쓰리가 있고, 여름 한철에는 도시 마쓰리가 있다. 마쓰리를 준비하는 북소리나 아이들의 풀피리 소리를 간혹 들을 수 있다. 마쓰리로 밤이 새고 날이 새는 게 아닐까 싶을 정도로 일본에는 별별 마쓰리가 다 있다. 그중에서도 5월 셋째 주 금요일부터 일요일까지, 도쿄 아사쿠사 거리에서 열리는 산쟈 마쓰리는 일본인들을 집단적 몰입으로 몰아간다. 대대적인 가마 행렬에 엉겨 남녀노소 모두가 하나 되는 자리, 그 축제의 현장으로 가본다.

마쓰리로 가는 길

매년 한 번씩 도쿄의 아사쿠사는 일본 전역에서 몰려든 사람들로 떠들썩해진다.

5월 14일 새벽, 산쟈 마쓰리가 시작되는 첫날이다.

새벽, 아사쿠사로 향하는 지하철 안에서 어떤 이는 하치마키[鉢卷]라는 흰 수건 머리띠를 동여매고 있다. 대부분 동네나 조직의 이름이 박힌 핫피(法被)라는 겉옷을 입고, 타비[足袋]라는 버선발 모양의 신을 신고 있다. 이들 얼굴에는 이미 미코시[神輿 : 가마] 혹은 다시[山車 : 수레]를 끌고 가는 신나는 상상으로 달떠 있다.

지하철에서 내리자마자 아사쿠사의 벽에는 산쟈 마쓰

리를 알리는 광고물이 반갑게 붙어 있다. 마치 마라톤을 하기 전 숨 고르는 이의 심장처럼 아사쿠사의 공기는 화사하고 부산하다. 바쁘게 지나가는 인력거들, 한 손으로 밥 그릇이 여러 개 놓인 쟁반을 높이 쳐들고 어디론가 달려가는 배달원, 이 모두가 축제를 준비하는 즐거운 손길이다. 아침 일찍 아사쿠사를 향하는 사람들의 표정은 벌써 벌겋게 익어 있다.

도쿄 중심부에 위치한 아사쿠사[淺草]는 옛날부터 서민의 시가지로 유명하다. 그 이름만 들어도 도쿄 사람들은 흑백필름의 오래 묵은 풍경을 떠올릴 것이다. 그것은 신성한 역사적 사건이 재현되는 성소의 이미지이기도 하고, 한편으로는 메이지 시대에 전차가 달렸던 근대화의 '추억을 파는 회상의 거리'이기도 하다. 서민들이 사는 거리를 시타마치[下町]라고 부르는데, 아사쿠사는 도쿄의 시타마치 중에서도 제일 번화가다. 지금도 극장이나 유흥시설이 많이 모여 있어 언제나 사람들로 붐빈다.

시가지 중심에는 센소지[淺草社]라는 도쿄에서 가장 오래된 절이 있는데, 산쟈 마쓰리란 이 절 안에 있는 아사쿠사 신사에 보관된 세 대의 가마 미코시[御神輿]를 모시는 참가를 말한다. 이 행사는 아사쿠사 신사가 있는 센소지에서 열리는데 가마에 깃든 세 신(神)의 혼백에 대한 제의라는 의미에서 '산쟈 마쓰리[三社祭]'라 불린다. 12세기 무렵부터 일본 열도 곳곳에 도시가 발달되면서 '도

시가지 중심에는 센소지[淺草社]라는 도쿄에서 가장 오래된 절이 있는데, 산쟈 마쓰리란 이 절 안에 있는 아사쿠사 신사에 보관된 세 대의 가마 미코시[御神興]를 모시는 참가를 말한다.

시형 마쓰리'가 생겨났지만, 이에 반해 예전부터 있던 '전통적 마쓰리'는 일본인들의 어떤 원형을 보여준다. 산쟈 마쓰리는 말그대로 전통적인 일본 마쓰리의 원형을 보여준다.

온 거리가 청소하는 분위기다. 마쓰리를 하기 전에 일본인들은 온 거리와 집을 '청결하게' 하려고 애쓴다. 청소도 하고, 하얀 종이도 집 둘레나 처마끝에 붙여두면서, 초월적인 존재를 맞이할 준비를 한다. 이 과정에서 사람들은 좋은 음식과 술을 장만하고, 세속의 부정을 씻고 신을 맞이할 채비에 바쁘다. 며칠 전부터 각종 화려한 장식에다 피리나 북과 같은 전통악기에 의한 음악과 춤은 마쓰리가 펼쳐질 아사쿠사가 이미 '신 내릴 공간'으로의 환상적인 분위기를 갖게 만든다.

신맞이 채비를 하면서, 신에게 바칠 음식(신센, 神饌)이나 술(미키, 神酒)을 서로 나누어 먹고 마시는 '나오라이[直會]'를 하면서, 이들은 벌써 가슴에 피가 뜨듯해진다. 새벽살은 여기에 모인 신과 인간을 하나로 묶어주는 끈끈한 핏줄처럼 은은하다. 서서히 환상의 시공간에서 빠져나와 아침이 된다.

낮 1시, 작은 미코시들이 거리를 돌기 시작한다. 일본 축제의 핵심은 혼백을 모시는 미코시에 있다. 이는 온갖 채색으로 장식되어 있는 가마다. 이것을 어깨에 매어 운반하면서 자신이 살고 있는 거리를 도는 것을 일본인은 하나의 행사로 삼는다. 작은 것은 수십 명의 장정이 나를 수 있지만, 큰 것은 수백 명까지 동원되고, 아예 바퀴가 달려 있는 거대한 수레 모양을 한 것도 있다. 미코시의 수가 많으면 많을수록 축제의 규모가 큰 것이다. 아직 이 골목 저 골목에서 장식 중인 미코시가 많다. 알록달록하게 보이지만, 중심을 이루는 기조는 검정색과 은색, 붉은색이다. 일반적으로 검정색은 일본 역사의 가장 깊은 전통을 표시한다. 가령 천황이 특별한 집례를 할 때 검정색 예복을 입고 나오는 것이 대표적인 예다.

먼저 센소지에 올라가 보았다. 한국의 조계사 대웅전보다 조금 큰 크기의 절인데, 신전이 넓게 자리를 차지하고 있고, 앞에서만 사람들이 기도를 드린다. 안에 들어가 기도하려는 사람은 따로 신청하면 된다.

아사쿠사는 쉬지 않고 말한다

오후 3시 30분, 씨족의 촌장들이 각 모임에 따라 신사에 절을 하고 돌아간다. 일제 시대 우리 조상들이 참배를 강요받았던 신사에는 천황이나 조상 신이 모셔져 있는데, 이곳은 일본인들에게 정신적 기반이 되는 민족 신앙의 본거지이기도 하다.

일본에는 어디를 가나 '조카이[町會]'라는 것이 있다. 조(町)는 우리로 치면 동(洞)과 비슷하다. 실제 행정업무는 구역소에서 담당하지만 동네마다 자치기구인 조카이가 있어 동네의 마쓰리를 담당한다. 이 조카이에서 동네 사람들의 기부금이나 현물을 받아 마쓰리를 여는 것이다. 기부금과 현물을 낸 사람들의 명부는 길가에 내걸린다.

조카이를 대표하는 촌장들이 "이제부터 3일 간의 예식을 시작하겠습니다."라고 인사하는 것으로 마쓰리는 조용히 시작된다. 이들 모습이 참 재미있다. 옷은 전통복인 유카타를 입고 있는데 머리에는 1950년대 풍 서양 중절모를 쓰고 있다.

한 무리의 촌장이 지나가고 시간이 좀 지나자 음악 소리가 들려왔다. 절 마당 한쪽 구석에 마련된 무대 위에서는 주요 민속문화재로 인정받은 악사들이 전통음악을 연주하고 있다. 네 명의 악사들은 무대 위에 무릎 꿇고 앉아 무표정한 채로 악기를 만진다. 피리가 주조를 이루며, 두 개의 작은 북과 꽹과리 같은 악기가 그 사이사이의 침묵을 메운다. 소리는 일본 요리가 그렇듯 절제되고 고아한 맛을 풍긴다. 끊어질 듯 끊어질 듯하면서도 어떤 질서를 갖고 흐른다. 하이쿠처럼 의미의 축약이 이루어져 있는 형식이다. 각기 폐쇄된 소리들이 파편처럼 섞이면서 일순간 독특한 느낌을 만들어내는 것이다. 끝을 낼 때는 침묵 이후에 네 가지 악기가 한꺼번에 소리를 내면서 확실하게 맺어준다.

센소지 안에는 포장마차와 비슷한 야타이[屋台]들이 거리와 거리로 이어져 하나의 시장을 이룬다. 축제를 찾아온 손님들을 대접하려는 손길이랄까. 일본의 마쓰리는 이 야타이꾼들이 먼저 자리를 잡음으로써 열린다. 밀가루 반죽으로 토끼, 쥐, 펭귄, 로봇, 만화영화 주인공 따위를 만들어 파는데 꼬마들이 잔뜩 모여 있다. 연예인들 사진이 담겨 있는 갖가지 배지를 파는 사람, 초콜릿과 아이스크림으로 바나나 모양을 만들어 파는 장사꾼, 땀 흘리며 숯불에 센베이 과자를 굽는 청년, 일본식 빈대떡이랄 수 있는 오코노미야키 특유의 단내며 은어를 소금에

미코시를 들고 오는 남정네들.

굽는 짠내가 범벅되어 이방인의 코를 자극한다.

아이들에게 인기 있는 놀이는 단연 금붕어 잡기다. 쪼그려 앉은 꼬마들이 도 닦듯 심각하게 금붕어 잡기에 몰두하고 있는 모습은 일본 어느 마쓰리에서나 흔히 볼 수 있는 풍경이다. 잡는 체에는 기름종이가 그물 역할을 하는데 이 종이가 물에 녹기 전에 잽싸게 금붕어를 잡아야 한다. 금붕어를 모아 잡으려고 욕심을 내서 체를 빨리 움직이면 고기는커녕 종이가 금방 녹아내리고 만다. 많이 잡더라도 큰 것 한 마리, 작은 것 두 마리만을 가져갈 수 있다.

한참 야타이를 둘러보고 있는데 길 끝에서 뭔가 희미

하게 들려오기 시작한다. 그 소리는 미코시를 들고 오는 남정네들의 함성 소리다. 마쓰리의 클라이맥스는, 가마 '미코시' 혹은 '다시[山車]' 라고 불리는 수레를 끌고 동네와 시가지를 도는 것이다. 점점 거칠게 다가오는 그 소리는 어떤 규칙을 갖고 있다.

"왓쇼이! 왓쇼이! (わっしょい, わっしょい)"

앞에서 소리치면 뒤의 사람들이 "왓쇼이 왓쇼이"라고 되받는다. 재일 소설가 김달수는 이 말이 '신이 왔소' 라는 뜻의 한국어에 그 어원이 있다 하지만, 쉽게 단정할 수는 없다. 남녀노소 할 것 없이 미코시를 들고 오는 무리 곁에서 함께 박자를 맞추어 함성을 지른다. 신을 부르고, 대접하고, 신과 더불어 자유방탕 취해보고, 신을 모시고 거리거리를 거닐어 다니며, 엉겨붙은 저들. 지나던 걸인조차 한데 어울려 몸을 흔든다. 가게 안에 있던 사람들도 박수를 치며 거리로 나와 한순간에 거리는 북새통을 이룬다.

"왓쇼이! 왓쇼이!"

카오스의 절정을 보여주는 규칙적인 리듬은 나도 모르게 배 밑으로부터 치고 올라오는 울림과 만났다. 내가 저들과 함께 흥분하다니, 외국인인 나에게까지 느껴지는 이 힘의 정체는 무엇일까.

미코시를 맨 행렬의 앞줄에는 흰색 종이가 붙은 막대기를 쳐든 사람이 있다.

"왜 흰 종이채를 흔들어요?"

이방인의 질문에 그는 간단히 답한다.

"오~키요메[お淸め]!"

부정을 없애는 의미란다. 잡신들이 틈타지 않게 하려고 맨 앞에서 흰 종이조각이 달린 나무를 흔든다는 것이다.

맨 앞줄에는 촌장과 흰 막대기를 든 사람을 제외하고 미코시의 방향과 중심을 잡는 세 명 정도의 사람이 더 있다. 그들은 수십 명의 힘으로 움직이는 미코시를 지휘한다. 나르는 남정네들 사이에 간간히 여자도 있다. 키가 큰 사람은 허리를 낮추고, 작은 사람은 허리를 편다. 집단의 질서에 자신을 맞추는 것이다. 또 옆에서 방향을 조절해주는 이도 있다.

앞선 이들은 타비를 신었다. 과거 일본인들이 나막신 비슷하게 생겨 엄지발가락과 검지발가락 사이가 벌어진 이 신발을 신었다 해서 우리는 그들을 '쪽발이'라고 불렀다. 이들이 바로 그 신발을 신고 있다. 뒤쪽에 있는 젊은이들은 짚신을 신었다. 간간히 힘들어하는 사람과 교대하는 사람은 곁에서 박자에 맞춰 함성 지르며 함께 간다. 그 뒤로 구경꾼들이 함께 소리지르며 줄 이어 쫓아간다. 그저 무조건 함성만 지르는 것 같지만, 이 움직임에는 어떤 규칙성이 있다. 그것은 누군가 정한 것이 아닌 몇 백 년간 자연스럽게 체득된 집단의 질서였다.

한국인들이 풍물을 앞세워 한바탕 마을을 돌며 축제를 시작하듯이, 이들은 미코시 행진을 펼치며 마쓰리를 위한 바람잡이를 한다. 이런 식으로 열린 첫날의 미코시 행진은 다음날 백여 대의 미코시가 연합하여 아사쿠사에 있는 마흔네 거리 모두를 행진하며 도는 것으로 이어진다. 한바탕 미코시를 들고 다니다 잠시 길 한편에 앉은 이가 한마디한다.

"이 맛에 일 년을 참고 살아가죠."

어둠이 깔리면 어른, 아이 할 것 없이 한데 어울려 손뼉 장단에 춤추는 사람들과 가설 난장인 야타이에 걸터앉은 사람들로 아사쿠사 마쓰리의 첫날 밤은 와자해질 것이다.

아사쿠사에는 복이 떠돈다

아사쿠사 온 거리에 미코시 연합 행렬이 있었던 토요일 일정이 끝난 다음 날에는 각처에서 나온 촌장이 마쓰리 마지막 날을 위해 새벽 세 시부터 나와 있다. 어두컴컴한 데서 이들은 부산하기만 하다. 그리고 싱그런 해가 고개를 내미는 네 시경이 되면 각처에서 일반인들이 모여든다. 동시에 경찰들은 길을 정리하고 아사쿠사 모든 도로의 차량을 통제한다.

숫자를 세기 어려울 정도로 많은 이들이 머리에 수건을 두르고 거의 반라의 몸으로 아침거리를 걸어나온다.

그 무리들 속에는 인구 과밀국의 보잘것없는 월급쟁이나 서양인들이 원숭이 혹은 개미 같다고 하는 안경잡이도 있겠으나, 저들이 이렇게 모여 올 때는 무시할 수 없는 어떤 집단의 힘으로 다가온다.

오전 다섯 시, 센소지의 문이 열리자 미코시를 지려는 사람들이 거칠게 달려나온다. 미코시를 지면 1년, 아니 평생 동안 건강하고 복스럽다는 전설에 따라 미코시를 지려고 떠밀고 난리다. 진정하라는 사회자의 지시가 내려지고 이어서 아사쿠사 신사 봉헌회 회장이 인사를 한다. 그가 하는 여러 말들 중에 "미코시는 바로 조상님 자체이니 위에 함부로 올라타지 마시기 바랍니다."라는 말이 몇 번 강조된다.

몇 가지 의례를 마친 뒤, 기쁨을 상징하는 일본 전통의 박수, 테지메[手締め]가 시작된다.

"짝짝짝, 짝짝짝, 짝짝짝, 짝!"

모두 하나가 되어 박수를 쳐낸 뒤, 미코시 세 대를 중심으로 사람들이 거칠게 엉겨 붙는다. 그리고 "왓쇼이, 왓쇼이야!" 하는 외침이 시작된다.

밀고 당기는 사람들로 북새통인 와중, 갑자기 온몸에 문신을 한 사람이 거의 벗은 몸으로 미코시에 올라 구령을 외친다. 때론 중심을 잃은 미코시가 쓰러지기도 한다. 위험하다고 경찰이 확성기로 외치는 소리와 호루라기 소리가 뒤엉킨다. 다른 씨족이 자기네 미코시 쪽으로 밀치고 들어올 때 서로 주먹다짐이 오가기도 한다. 그럴 때면 행사장은 순식간에 결투장으로 변한다. 치고 때려도 여기서는 죄가 아니다.

미코시가 아사쿠사 신사를 떠나 거리로 향하기 시작한다. 흥분되어 있는 수천 수만 명의 소리가 하늘 높은 줄 모르고 치솟고 있다. 그들은 모두 각기 다른 수다스러움으로 거칠게 미코시를 나르고 있다. 저 수다스러움은 1억의 수다스러움일 것이다. 나는 1억의 함성, 1억의 수다스러움이 이 자리에서 거대한 흡입구로 빨려들어가는 것을 본다.

1억의 수다스러움은 미코시로 상징되는 집단정신으로 모아지고 있다. 하나의 예배가 되는 것이다. 가장 원시적인 몸놀림들이 수직의 의미를 입어, 벌거벗은 몸뚱아리들이 마치 순교자의 열정으로 드러나는 것이다. 이는 벗은 몸들, 즉 살아 있는 것들에게 올리는 제사로 보이기도 한다. 여기서 성(聖)/속(俗)은 하나가 되고 벌거벗은 숱한 몸뚱이는 여러 차이를 넘나들면서 거대한 '일억총단결(一億總團結)의 몸뚱이'가 되는 것이다.

치아, 피부, 유방의 높이까지 서구화되어가는 일본 속에서 저들은 일본인으로서의 원형을 만끽하고 일본인으로 태어난 환희의 원천을 맛보는 것이다. 하지만 정작 일본인들은 마쓰리의 매력을 쉽게 설명하지 못한다. 산쟈 마쓰리가 왜 좋냐고 물으면, 많은 일본인들은 각기 다른 대답을 했다.

"모두 같이 하기 때문이에요."

"온 가족이 함께 놀 수 있으니까요."

여러 말 중에 "피가 흥분돼요(血が騷ぐ)."라는 말이 지워지지 않는다. 쉽게 말하는 것 같지만 그 흥분의 공통분모는 하나의 제의가 주는 동질성의 힘, 피의 힘이다. 그것은 사람이 만들었든 어떤 영혼이 만들었든 이들에게 무언가 형용하기 힘든 뭉클한 덩어리를 틀림없이 준다. 기독교는 일주일에 한 번씩 예배를 드리지만, 일본인의 가슴속에 남아 있는 신도(神道)는 마쓰리를 1년에 딱 한 번 거대한 제사로 지내고 있는 것이다. 축제 기간 동안 보이는 인파만 해도 200만 명이 넘는다.

이런 식으로 세 대의 미코시들이 각기 다른 거리를 돌다가 한 곳으로 모이기 위해 대행렬을 이룬다. 거의 종일 행진해 저녁 7시경에 신사로 되돌아가는데, 이 장면은 일본 전국에 인터넷과 텔레비전으로 생중계된다. 행사에 참석치 못한 사람들은 방송을 보면서 일본인 자신들 내부에 흐르고 있는 어떤 동질성의 힘을 공감할 것이다.

사람도 신이 된다

628년 스미다 강에서 고기를 잡고 있던 히노쿠마노 하나나리와 타케나미 형제는 그물에 걸린 한 개의 관세음보살상을 끌어올렸다. 당시 아사쿠사의 지도자에게 보인 뒤 그것은 귀중한 관세음보살상이니 절을 만들어 모시기로 결정되었다. 이것이 센소지의 시초다.

세월이 지나 헤이안 시대 말기인 11세기경 권현사상(權現思想)이 유행했다. 권현사상이란 부처나 보살이 중생을 구하기 위해 일본에 잠시 나타난다는 것을 골자로 하는 사상이다. 이 권현사상 덕에 아사쿠사의 지도자는 아미타여래로, 관세음보살상을 강에서 끌어올렸던 두 형제는 각기 관세음보살과 세지보살의 화현으로 평가되었다. 평범한 세 사람이 신으로 평가받은 것이다. 이후 세 명의 신을 모신 곳이 삼사(三社) 권현이고, 현재의 센소지가 되었다. 그리고 1년에 한 번씩 이 세 명의 신을 모시는 축제가 바로 산쟈 마쓰리인 것이다.

당시 산쟈 마쓰리는 불상을 발견했던 스미다 강에서 미코시를 배에 실어 나르는 의식에서 비롯되었다. 그때 그림을 보면 산쟈 마쓰리는 불상을 발견했다는 3월 18일에 세 대의 미코시를 나르는 형식으로 묘사되어 있다. 에도 시대가 되면서부터 센소지와 아사쿠사 신사가 함께 산쟈 마쓰리를 치루는 형식으로 굳어졌다. 여기서 불교와 신사가 융합된 일본 종교의 독특한 면모를 볼 수 있다.

신기한 일이 계속 생기기 시작했다. 1923년 9월 1일 관동대진재 때나 제2차 세계대전의 대공습 때, 도쿄 시내는 완전히 불바다가 되었다. 아사쿠사도 완전히 불타버렸다. 놀랍게도 재로 변한 벌판에 센소지와 아사쿠사 신사

가 오롯이 남아 있는 것이 아닌가. 당연히 성스러운 곳으로 소문이 퍼지기 시작했다. 여기서 소원을 빌면 뭐든지 이루어지고, 이곳에서 기도 드리면 아픈 곳도 낫는다는 소문이 정설처럼 굳어지면서 두 곳엔 사람들이 끝없이 모여들었다. 센소지는 신앙보다도 구경에 열심인 참배객이 많기는 했지만, 도쿄 시내 어느 절보다도 붐볐다. 결국 산쟈 마쓰리는 일본에서 가장 많은 사람이 참여하는 마쓰리 중 하나가 된 것이다.

일본의 3대 축제

매년 5월에 열리는 산쟈 마쓰리는 히에 신사의 산조제, 간다 신사의 간다제와 더불어 '에도 3대 축제'로 알려져 있다. 에도를 대표한다니까 관동 지역만을 대표하는 축제 같지만, 연구자에 따라서는 삿포로의 눈 축제, 천 년 이상 이어져 온 교토 기온 지방의 축제와 더불어 아예 '일본 3대 축제'로 규정하는 민속학자도 있다.

산쟈 마쓰리의 특징은 역시 미코시 숫자가 어마어마하다는 데 있다. 우지코[氏子] 마을에서 보관하고 있는 약 80여 대의 미코시는 에도 시타마치의 밤을 밝히고 또 다음날 밤까지 행진을 계속한다. 이 거대한 풍경 때문에 산쟈 마쓰리를 미코시로 진행하는 일본 마쓰리의 최고봉으로 치고, 사람들은 미코시를 매겠다며 일본 각지에서 몰려드는 것이다.

축제 마지막 날 세 대의 미코시가 들어오는 장면은 압권이다. 전통극 노[能]의 의상을 입은 이와 여성들이 먼저 절 안으로 조용히 들어온다. 그 곁에 씨족의 이름이 써 있는 수십 개의 깃발이 입장한다. 이어서 작은북, 큰북, 요령, 피리를 연주하는 아이들을 잔뜩 실은 수레를 따라 세 대의 미코시가 각기 다른 문을 통해 들어온다.

세 대의 미코시가 들어오는 장면을 보려고 발 디딜 틈 없는 가운데, "왓쇼이야, 왓쇼이야"를 질러대는 사람들 얼굴에는 전혀 피곤이 없다. 함성 속에서 세 대의 미코시가 창고로 들어가면 이윽고 행사는 끝물에 들어간다. 날이 어두워지고 거리를 오가며 오뎅과 구운 오징어를 먹는 사람들은 저마다 '수고하셨습니다' 인사를 나누며 잔

잔한 미소와 함께 서서히 산쟈 마쓰리를 정리한다.

축제는 어디에 있는가

축제는 단순히 '노는 것'일까. 고전적인 의미에서 축제란 일상생활과의 단절이다. 초자연적인 존재에 대한 의식이 치러지는 신성하고 종교적인 장소와 순간이다. 그런 의미에서 보자면 평범한 일본인들이 단순하고 반복적인 생활에서 벗어나 5월의 사흘 간을 '미친 듯' 지내는 것도 이해할 만하다.

본래 종교적 의미를 갖고 있었던 마쓰리는 현대에는 일종의 레크레이션 기능도 갖고 있다. 미코시를 들고 있는 저들의 얼굴은 이미 일탈과 환희로 가득하다. 저들은 일상을 잊고 다시(Re) 창조적인(Creative) 마쓰리 놀이(Recreation)를 즐기다가, 따분했던 사무실로 돌아가면 전혀 새로운 기분으로 컴퓨터를 두들길 수 있는 것이다.

다른 나라의 축제처럼 일본 마쓰리에도 당연히 정치적인 기능이 있다. 가령 교토의 기온 축제가 페스트를 몰아내려는 시도였다고 하지만 실은 불교세력을 몰아내기 위한 의도가 깔려 있었던 것처럼, 또 고대 그리스 시대의 디오니소스 제전이 귀족공화정을 유지하기 위해 평민에게 일시적인 일탈감을 주었듯이 말이다. 혹은 히틀러가 바그너의 오페라 〈니벨룽겐의 반지〉를 축제 기간에 연주하면서 게르만 민족의 천재성을 세뇌시켰듯이, 우리 나라의 경우 1980년대 초반 일본식 축제를 모방한 국풍(國風)이라는 축제가 광주의 비극을 덮어버리기 위해 열렸듯이 축제에는 분명 어떤 정치·사회적인 함의가 숨어 있다.

무엇보다도 일본 축제의 핵심은 영혼과 힘에 있다. 산쟈 마쓰리에서 비친 일본인들의 축제는 어떤 원동력, 어떤 영혼의 힘을 가지고 있다. 행사에 참가하면서 나는 여러 차례 흥분한 모습에 스스로 놀랐다. 함께 미코시를 운반하는 저 몸뚱아리들, 저 소리에 묻히다보면 어떤 집단주의에 합일(合一)되면서 보이지 않는 중심에 단단한 끈으로 묶이는 힘을 느낀다. 거기에 융합하지 못하는 자야

말로 내 편이 아닌 요소모노[余所者, 다른 지방 사람]요, 엉덩이에 뿔난 송아지 무라하치부[村八分]로 따돌림당했을 것이다. 즐기고 노는 것 같지만 이들은 이런 과정에서 이탈을 막으려는 은밀한 결속의 끈을 죄고 있다.

다른 한편으로 그 집단적인 힘은 자신들의 울타리를 벗어났던 지난 날, 무시무시한 이기와 차별의 결과를 낳기도 했다. 내 귓가에 맴도는 저 함성은 바로 50여 년 전 우리네 아버지의 아버지, 혹은 어머니의 어머니들의 숨을 거두어갔던 제국주의 문화이기도 했다. 미코시에 실려 있는 혼령에게 경배하지 않았다고, 그리도 많은 우리 조상들이 숨을 거두지 않았던가.

지금 이 자리에서 그 역사를 따지기 무색할 정도로 저 무리들은 자기들끼리 즐겁다. 역사적인 과오는 그것대로 문제를 따져봐야 할 것이다. 일단 지금은 우리의 신바람은 어디에 있는지 자문하는 편이 차라리 현명하지 않을까 싶다. 우리의 축제는 어디에 숨어 있는가.

오늘 일탈을 즐겼던 일본인들은 내일은 전혀 다른 초집중력을 발휘할 것이다. 전혀 다른 초질서의 세계에서.

월간 『GEO』, 1999. 7.

일본 축구 대표팀의 상징, 까마귀

숙명, 괴기담의 미학

처음 일본에 온 이들은 도심지에 까맣고 큰 새가 많아 놀란다. 잠 못 이루다가 새벽 2시쯤에, '깍, 까악!' 창문 바로 앞에서 까마귀가 피 토하듯 울어대면 정말 뭐 섞는 기분이다.

귀신도 저리 울어댈까. 기분, 나쁘다. 그런데 2년 이상 살다보면 그것마저 익숙해지고 친밀해지기까지 한다. 쥐 죽은 듯 조용한 동네에 까마귀라도 울어대니 적적함이 덜 느껴질 정도다.

까마귀가 너무 많아져 나쁜 일도 많다. 가령 까마귀들이 쓰레기 더미를 전부 헤쳐놓는 것은 보통이다. 수년 전에는 기차가 탈선된 적이 있었는데, 그 원인으로 까마귀들이 돌멩이를 물어 철로 위에 나란히 올려놓는 풍경이 텔레비전 카메라에 잡혀 방영되기도 했다.

　까마귀가 언제부터 이렇게 많았는지에 대해서는 70년
대 도쿄 주변에 숲이 없어지면서부터라고도 하고, 도시
화되면서 갑자기 늘었다는 말도 있지만, 고전을 보면 까
마귀는 일본에 원래 많았던 조류였다. 하도 많으니까 어
쩔 수 없어 거의 체념하고 살아간다. 일본에서는 이런 동
요까지 있다.

　　저녁놀 타올라 날이 저물어요
　　산 절에서 종이 울리네
　　손은 맞잡고 모두 돌아가요
　　까마귀도 함께 돌아가세요

이 노래는 일본인이라면 꼬마들도 잘 알고 있는 동요다. '까마귀도 함께 돌아가세요' 라는 노랫말을 통해 불안한 요소도 일상 속으로 받아들이는 습관을 가르치는 것이다.

받아들이기 어려운 대상이 자기 문화 속에 들어왔을 때 '숙명'으로 받아들이는 것은 일본인의 생활방식 중 하나다. 지진 같은 재해의 비극도 '숙명'으로 받아들이고 빠른 시간 안에 극복해내는 일본인들을 보곤 한다. 일본에서 살다보면 나도 모르게 '숙명'이라는 단어에 익숙해진다. 괴물처럼 느껴졌던 까마귀가 어느날 귀엽게 보인 적도 있다.

폐쇄된 좁은 공간에서 어떤 숙명도 피할 수 없을 때, 단 하나의 선택은 '받아들이기'다. 다른 섬나라들이 다 그런 것은 아니지만, 일본은 유독 피할 수 없는 숙명을 배척하기보다는 꺼내놓고 익숙해지려는 속성이 있다.

어느 나라보다 많이 발달되어 있는 괴기담 시리즈도 일본의 이런 특성을 잘 드러내는 것 같다. '무섭다' 라는 호기심을 주제로 한 것이 괴기담이다. 일본 텔레비전을 보면 아이들 시간에도 괴기 드라마가 적지 않다. 소학교 드라마인데 교실에서 유령이 나오는 〈학교 괴담〉 시리즈는 거듭 흥행에 성공하고 있다. 일본에서는 오래 전부터 유행하던 주제가 바로 '학교'라는 배경의 괴기담 시리즈 영화와 드라마다. 또 컴퓨터 화면 속에서 유령이 나와 대화를 한다든지, 혹은 자기가 찍은 사진의 귀퉁이에 유령 얼굴이 나온 걸 공모한다든지 하는 텔레비전 프로그램도 있다. 이런 정도니 무서운 까마귀 정도는 이들에게는 친구다. 이런 징후는 불운도 어쩔 수 없을 때는 숙명으로 받아들이는 일본 문화의 한 편향을 드러내는 예중일 것이다.

어디에도 까마귀

동양의 나라들은 동물에 대해 어딘가 비슷한 생각을 갖고 있다. 첫째는 고대 중국의 12지 역법(曆法)에 나오는 동물 이미지다. 둘째는 불교의 영향으로 중세(13~16세기)에는 육식을 하지 않았던 시기도 있었다. 일본도 비슷한 과정을 겪었다.

까마귀에 대해서는 차이가 있다. '반포지효(反哺之孝)'라 하여, 어릴 때 길러준 부모를 나중에 자라 모신다는 말이 있다. 까마귀를 효행의 상징으로 보는 것이다. 색채가 검고 시체를 파먹는 새여서 죽음 혹은 불길을 상징하는 새로 보는 관념도 있다. "까마귀 싸우는 골에 백로야 가지 마라"고 쓴 정몽주의 시조가 그런 생각을 잘 보여준다. 이렇게 동양에서는 까마귀를 이데올로기나 선악을 판단하는 관념의 대상으로 본다. 그러나 일본인들은 있는 그대로 즉물적으로 까마귀를 하나의 사물로 볼 뿐이다. 한국의 김삿갓 같은 방랑시인이었던 마쓰오 바쇼[松尾芭蕉, 1644~1694]의 하이쿠[俳句]를 보자.

마른 나뭇가지에
까마귀 앉아 있구나
가을 저녁이여
枯枝(かれえだ)に烏(からす)のとまりたるや秋の暮

여기서는 즉물적(卽物的)인 하나의 풍경으로 까마귀를 묘사하고 있을 뿐이다. 선과 악의 평가가 없다. 까마귀는 그저 쓸쓸함이나 적막함의 등가물일 뿐이다. 이들은 까마귀를 선악의 가치로 판단하지 않는다.

아쿠타가와[茶川]의 단편소설 「라쇼몽」에도 까마귀가 등장한다. 여기서 나오는 까마귀는 시체를 파먹는 일반적인 이미지다. 하지만 단지 기분 나쁜 까마귀로 볼 수 없다. 일본의 평론가들은 그저 인간세계에 대한 즉물적인 상황묘사로 본다.

쿠니키타돗포[國木田獨步, 1871~1908]의 단편소설 「봄과 새」(春と鳥)를 보면, 동네 사람들에게 집단적인 학대(이지메)를 받던 장애아가 절벽에서 떨어져 자살하는 이야기가 나온다. 그 장애아를 가르쳤던 선생이 어느 날 절벽에 다시 갔을 때 하늘로 치솟는 까마귀를 본다. 여기서 까마귀는 장애아가 다시 살아나는 상징이다. 반갑게 다시 환생하는 상징으로 떠오르는 것이다. 서구에서도

까마귀를 죽은 자의 환생으로 보는 경우가 있지만, 한국과 중국 소설에서는 보기 힘든 장면이라 비교문학 시간에 일본인 연구자에게 물어본 적이 있다.

"왜, 비둘기나 좋은 새로 상징하지 않고 까마귀로 환생하는 상징을 쓰죠?"

일본인들은 전혀 이상하지 않다는 표정이었다. 오히려 왜 문제 아닌 걸 문제로 삼느냐는 투다. 너무도 자연스러운 상징이 아닌가라고 답하곤 한다.

또한 일반적인 동양인과 색감도 다르다. 일본인들은 흰색을 신과 가까운 색으로 보았다. 그래서 신사에서 일하는 이들은 하얀색 옷을 입는다. 반면에 까만색은 고귀함의 상징으로, 천황이 입는 옷 색깔이 까만색이다.

기적의 까마귀

일본의 상징을 소개하는 『일본의 마음』이라는 사전에서 '까마귀'란을 보면, 까마귀는 '신(神)들의 사자'로서 여겨지고 있다. 『고사기(古事記)』에서는, 전설적인 최초의 천황인 진무천황(神武天皇)의 군대가 가는 길을 안내했던 까마귀가 나온다.

또 다카기 신으로부터의 전언도 전했다.

"흉포한 신들이 매우 많기 때문에 천손을 이 이상 더 깊숙한 곳으로 가게 하면 안 된다. 천상에서 야타가라스

[八咫烏]를 파견하겠다. 그러니 선도하는 야타가라스의
뒤를 따라가도록 하라."는 말씀입니다.

　　그래서 가르침대로 야타가라스의 뒤를 좇아 요시노강
[吉野川] 하구에 도착해서 물고기 잡는 사람을 만났다.

『고사기』

　　여기서 일본어 '야타가라스'는 삼족오(三足烏)를 말
한다. 태양신의 사자이고 고구려의 국조인 삼족오가 일
본에서는 '야타가라스'로 표현되고 있다. 주(周)나라
척도인 지(咫)가 요즘 길이로 여덟 치 곧 18㎝ 정도되는
것을 생각해볼 때, 여기서 말하는 '팔지조'라는 까마귀
는 대략 약 144㎝ 정도 되는 큰 새다. 실은 일본에서 날
개를 펴면 1미터가 넘을 것 같은 아주 큰 까마귀를 본
적이 있다.

　　까마귀라는 일본어 '카라스[からす, 烏]'가 한국어에서
왔다는 설도 있다. 우리 옛말에 '갈아 놓은 숯'처럼 새까
만 새라 하여 까마귀를 '갈아수'라고 했던 것이 일본어
발음으로 바뀌었다는 설이다. 또한 '카라'라는 발음이
당시 '가라[加羅]' 즉 무쇠무기 제조가 가능했던 '가야
(伽耶)'의 발음과 같다 하여, 세력 다툼의 과정에서 일본
어로 정착했다는 말도 있다. 672년 임신(壬申)의 난으로
정권을 잡은 일본 40대 천황인 천무(天武)는 고구려계 인
물인데, 결국 이 천무가 '가라스' 즉 일본 땅에 있는 가야

고구려의 삼족오(三足烏).

인의 세력을 업고 백제계를 물리쳤다는 설이다. 고구려의 삼족오(三足烏)가 일본으로 왔다는 설도 있다.

이외에 나고야에 있는 아츠타[熱田]신궁과 시가현에 있는 타가[多賀]신사에서는, 신의 사자에게 보답으로 까마귀에게 떡을 베푸는 의식이 지금도 행해지고 있다.(『日本の心』, 講談社 1996, 290면)

이처럼 까마귀란 존재는 일본이란 국가가 만들어지고부터 일종의 길조로 여겨지는 상징이었다. 까마귀를 복

일본 축구 대표팀의 가슴에 그려진 '다리가 세 개 달린 까마귀'.

의 상징으로 이용한 극단적인 예는 월드컵 때 일본 축구 대표팀의 가슴에 그려져 있는 마크다. 붉은 색과 노랑 바탕에 까만 까마귀가 그려져 있다. 일본 축구 대표팀의 가슴에 그려진 이 새는 '다리가 세 개 달린 까마귀'인데, 예부터 복 특히 기적을 가져다주는 대표적인 상징으로 전해온다.

일본 축구 대표팀의 왼쪽 가슴에 그려진 까만 새가 무엇인지 세계의 축구인들은 궁금했을 것이다. 가령 기독교의 구약성서에서는 가난한 사람들이 제사를 지낼 때 비둘기를 제물로 썼다. 신약에 오면 예수님이 세례를 받을 때 하늘에서 비둘기가 내려와, 낮은 자들의 제물로 쓰이는 예수의 일생을 상징하고 있다. 이처럼 비둘기를 은 총과 성결의 상징으로 생각해왔던 서양인의 눈에, 일본인이 까마귀를 축복의 상징으로 쓰는 것은 이해하기 힘든 일일 것이다.

월간 『빛과 소금』, 1998. 10.

2부: 독서

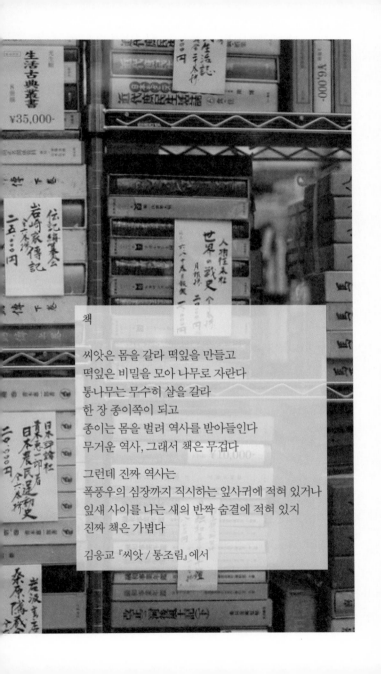

책

씨앗은 몸을 갈라 떡잎을 만들고
떡잎은 비밀을 모아 나무로 자란다
통나무는 무수히 살을 갈라
한 장 종이쪽이 되고
종이는 몸을 벌려 역사를 받아들인다
무거운 역사, 그래서 책은 무겁다

그런데 진짜 역사는
폭풍우의 심장까지 직시하는 잎사귀에 적혀 있거나
잎새 사이를 나는 새의 반짝 숨결에 적혀 있지
진짜 책은 가볍다

김응교 『씨앗 / 통조림』에서

일본 시의 비밀, 마쓰오 바쇼

일본 시의 비밀 : 7·5조와 암시의 힘

1997년 도쿄대 대학원 비교문학연구실이 있는 고마바 [駒場] 교정에서 공부할 때, 그 수업만은 꼭 들어야 한다고 권유받은 수업이 있었다. 번역학 수업이었는데, 번역학치고는 특이했다. 18세기 영미시를 어떻게 일본시의 7·5조에 맞추어 번역할 수 있는가 하는 수업이었다. 가르치는 선생님의 첫인상은 한치의 빈틈도 느껴지지 않고, 마치 말로 글자 쓰듯 한 문장 한 문장 꼭꼭 풀어냈다. 말하는 걸 받아 적으면 그대로 책이 될 것 같은 기분이었다. 유학 간 지 얼마 안 되는 나는 영어는 물론 일본어 실력도 허당이라 수업이 끝나면 동료들에게 자세히 묻곤 했으니 여간 고역이 아니었다. 그렇지만 그 선생님이 말하는 깊이와 넓이는 조금은 이해할 수 있었다. Dragon이란 단어 하나가 나오면, 그리스 신화의 용, 성경의 괴물,

일본 고전의 괴물 등 모든 가능한 괴수들을 다 조사해서
그중에 꼭 적확한 단어를 골라, 그것을 일본어 리듬에 맞
춰 번역하는 것이다.

이후 일본어가 조금 익숙해지면서 그의 책을 읽어보았
다. 일본 시의 원류를 따지는 그의 저서는 하이쿠를 공부
하려면 꼭 짚고 넘어가야 하는 명저였고, 영어, 독일어,
중국어 등으로 번역되어 있었다. 동양인으로 유일하게
국제비교문학회 회장을 했던 국제적인 인사다.

바로 그 선생님이 만해마을에서 강연하신다고 연락이
왔는데, 늘 덕을 베푸는 이도흠 교수님(한양대)의 권유로
내가 통역을 맡게 되었다. 인천공항에 가서 맞이했는데
교수님은 15년 전 일본어를 제대로 못했던 멀쭝이를 어

렴풋이 기억하셨다. 그분은 도쿄대 명예교수인 가와모토 고지[川本皓嗣] 선생님이다.

하이쿠, 암시의 힘

가와모토 고지 교수가 주목한 것은 일본 시에서 공통적으로 드러나는 '암시의 힘'이다. 마쓰오 바쇼[松尾芭蕉, 1644~1694]는 암시의 힘을 잘 보여주는 가인이었다. 17음절 하이쿠에 불교 선종의 정신을 불어넣은 바쇼는 17음절 하이쿠 형식의 의미와 전통을 풍부하게 해주었다. 1684년부터는 여행을 시작하여 『오쿠노 호소미치[奧の細道]』(1694)를 남겼다. 그의 시에는 흔히 '사비[寂]'의 미학, 곧 예스러운 것, 한적한 것, 빛바랜 것, 은근한 것이 있다. 검소하고 소박한 은둔생활을 했던 그는 사회와 완전히 관계를 끊고 '바쇼안[芭蕉庵]'이라는 소박한 오두막에서 지내곤 했다.

서양에서 말라르메(Mallarmé)는 짧은 시의 중요성을 강조한 시인이다. 시의 생명이란 '말하는' 것이 아니라 사물과의 관계에서 사람의 마음을 암시하고 독자에게 그 해독을 요청하는 점에 있다는 관점이다.

일본의 '하이쿠', '단카'라는 특정한 시를 영어 'short poem'이나 프랑스어의 'petit poémo'로 번역하기는 어렵다. 극도로 짧은 우주적 축소미를 지향하는 하이쿠 같은 시는 서양에는 없다. 한국의 시조와 비교하자면, 시조

마쓰오 바쇼.

의 종장을 생략한 듯한, 쓰다 만 듯한 극도로 짧은 시가
하이쿠다.

1만 565행인 서사시 『실락원(Paradise Lost)』(1674), 서
정시라고 하는 키츠의 죽음을 애도하는 셜리의 만가
『Adonais』(1821)의 495행 등에 비하면, 하이쿠는 충격적
으로 짧은 5·7·5조로 쓰는 시다. 물론 일본에 『헤이카
모노가타리[平家物語 ㅓ134]』는 서사시에 가까운 부분이
있고 악기의 반주로 영창되는 점에서 호머(Homer)를 상
기시키지만, 정해진 운율이 없다는 점이 크게 다르다.

이런 긴 시에 비해 하이쿠에는 어떤 매력이 있는가.

무엇보다도 하이쿠는 '암시의 예술'이라고 가와모토

교수는 말한다. 하이쿠는 일반적으로 구체적인 것, 계절을 뜻하는 언어를 표현하는 키고[季語]나 경물(景物)을 취급하고 그것을 새로이 '해독'한다는 차례를 거치고, 그 다음 단계는 독자가 그 암시를 풀며 다시 '만들어내야' 한다. 독자가 새로운 창작자가 되고, 독자의 상상에서 하이쿠는 완성된다. 바쇼의 작품에서는 모두 지명이나 물체의 이름에 새로운 '해독'이 한 구의 흥미의 중심을 차지하고 있다.

대합조개의
후타미 그곳에서
떠나는 가을

蛤(はまぐり)の / ふたみにわかれ / 行く秋ぞ
(하마구리노 / 후타미니와카레 / 이쿠아키조)

이 하이쿠는 앞으로 이세[伊勢]의 후타미[二見]라는 곳에 갈 때 그 곳의 특산물인 대합의 '뚜껑(일본어로 후타), 알맹이 살점(일본어로 미)'이 후타미와 동음이의어라는 점을 이용하여 이별의 감개(感慨)를 읊은 것이다. 곧 '후타미'는 실제 지명이기도 하다. 평생 순례자처럼 방랑하며 시를 썼던 바쇼를 상상할 수 있다. 그런데 '대합조개'라는 단어 하나로 떠나는 마음이 아프게 전달된다. 왜냐

하면 대합조개는 자신을 기른 물에서 떠나야 하고, 게다가 대합조개에서 살점이 떨어지듯, 그런 아픔으로 헤어져야 하는 것이기 때문이다. 시를 읽고나서 남는 암시는 서정적 화자가 후타미라는 장소로 가는 것 같지만, 상상 속에서 대합조개 속의 살과 가을을 떠나는 것이다. 이런 일종의 말장난은 바쇼의 특기이기도 하다. 가령,

참 새롭구나,
아오바의 새잎에
빛나는 햇빛

あらたふと / 青葉若葉の / 日の光
(아라타후토 아오바와카바노 히노히카리)

아오바[青葉]는 지명이기도 하지만, 한자 뜻 그대로 '푸른 잎새'이기도 하다. 단어 하나로 이중적인 의미를 주면서, 빛나는 햇빛 이후의 상상은 독자가 만들도록, 살짝 던져놓는 그 '암시(暗示)'가 하이쿠의 묘미라고 나는 가와모토 선생님에게 배웠다.

하이쿠가 서양에 소개되고 나서 이미 백 년이 지났다. 그 동안 바쇼를 비롯한 고전적인 작품의 감상이나 연구 분야에서도 시 혹은 기타 창작문학에 미친 영향(1910년대, 영미권의 시에 획기적인 비약을 가져다준 이미지즘

(imagism), 즉 이미지 중심주의의 연원의 하나로서)에서도 혹은 서양 언어에 의한 하이쿠, 혹은 하이카이['俳諧'의 프랑스어] 제작이라는 점에서도 하이쿠의 존재는 두드러지게 커졌다. 그렇다고 해도 일반적인 견해로서는 일본의 하이쿠나 해외에서 창작된 하이쿠는 동양 취미의 전형으로서 신비주의와 쇄말주의(trivialism)가 섞인 대수롭지 않은 것이라는 인상이 아직 뿌리 깊게 남아 있다. 그렇지만 바로 그 작은 힘에 매력이 있다. 그 매력을 가와모토 교수는 바로 '암시의 힘'이라고 한다.

"시의 본질은 사물을 가만히 바라보는 것, 그 사물에서 몽상이 생기고 그 몽상에서 이미지가 솟아나는 것, 그것이 곧 노래라는 것이다. 그러나 그들(시에 서툰 사람들—인용자)은 물체를 통째로 취급하고 그것을 보여주려고 한다. 거기서 수수께끼도 신비성도 사라지게 된다. 스스로 뭔가를 창조한다는 마음, 그 표현할 수 없는 기쁨을 그들은 우리 모두에게서 빼앗는다. 물체를 지명해서 부르면 시의 재미의 4분의 3이 사라져버린다. 시의 재미는 조금씩 헤아리는 점에 있다. 넌지시 비치는 그것이 곧 꿈이라는 것이다."

라는 말라르메의 말(1891)을 가와모토 선생은 가끔 인용한다. 시의 본질은 모두 표현하는 것과 반대로 말을 남기는 것, 우회하는 것, 암시하는 것에 있고 독자가 그 앞 부분을 천천히 읽어내고 스스로 창조의 기쁨을 맛보게 한다는 것이다. 그러니 시인은 '넌지시 비추기'만 하면 된다.

쓸모 있는 과거, 7·5조

근대의 눈을 고집하고 과거를 보는 것이 아니라 전통과 근대는 서로 돕는 관계에 있다. 가장 대표적으로 '근대'는 과거의 다양한 '전통' 중에 '쓸모 있는 과거 (usable past)'의 몇 가지를 골라내서 거기에 수정, 변형, 신기한 조합, 치환해낸다. 그 '쓸모 있는 과거'야말로 '전통(傳統)'이라고 명명할 수 있다는 것이다.

우리에게도 익숙한 1882년(메이지 15년)에 출판된 『신체시초(新體詩抄)』라는 책을 생각해보자. 최남선의 「해에게서 소년에게」(1908)가 바로 이 책에 실린 형태를 모방하여 썼다. 사실 이 책은 복각본이 나와 일본 고서점에서 쉽게 구할 수 있다. 이 책은 영미시(英美詩)의 번역과 함께 번역자들의 창작시(創作詩)를 모은 것이다. 번역시(飜譯詩)로 취급된 것은 셰익스피어(Shakespeare)의 『햄릿』 등에서 발췌하고, 18세기 영국의 토머스 그레이 (Thomas Gray), 토머스 캠벨(Thomas Campbell), 19세기 미국의 롱펠로(Henry Wadsworth Longfellow), 영국의 테니슨(Tennyson) 등의 시다. 문제는 이 외국 시들을 일본어로 번역할 때 어떻게 번역하는가 하는 문제였다.

재미있게도 그 외국 시들을 일본인들은 '쓸모 있는 과거'였던 7·5조로 번역했다는 것이 가와모토 선생의 지론이다. 일본에는 하이쿠, 와카[和歌], 당시(唐詩, 漢詩), 센류[川柳, 하이쿠와 같은 7·5조의 유머시] 등 각각 장르 명칭은 있어도 시(詩) 일반을 가리키는 'poetry'라는 총칭이 없었다. 일본에서 시(詩)라는 말은 오로지 한시(漢詩)만을 의미했었다. 그래서 새로운 시대의 일본에는 어느 정도 길이를 갖고 '조금 연속적인 사상'을 전하는 데 바람직한 'poetry'와 같은 형식이 꼭 필요했다는 것이다.

메이지 15년 당시 일본에서 '시(詩)'를 만들려고 했을 때, 혹은 서양 시를 일본어로 번역하려고 했을 때 형식이나 문체 면에서 어떤 선택의 여지가 있었을까. 예를 들면 형식 면에서는 와카[和歌], 한시(漢詩), 센류[川柳] 및 하이카이[俳諧]의 첫 구와 같은 단시(短詩)형이 있고, 하이카이의 '렌가[連歌]'와 같은 집단 제작의 시가 있었는데 리듬은 모두 기본적으로 7·5조였다.

『신체시초』의 번역자들이 종래의 일본 시가(詩歌) 속에서 단 하나만 '쓸모 있는 과거'로서 추출한 것은 뜻밖에도 '역시 예로부터의' 7·5조였던 것이다. 7음 구와 5음 구가 교체하면서 끝없이 반복되는 7·5조는 으레 와카[和歌]나 이야깃거리, 가요, 렌가[連歌]나 하이카이 등을 통해서 고대 이후 긴 세월에 걸쳐 일본인의 귀에 익숙해진 운율이다.

서양의 시를 일본에 이식하기 위해서는 예스러움이든 무엇이든 우선 고유의 '쓸모 있는 과거' 속으로 확실히 자리잡고나서 다시 '가공'하여 새로운(新) 시를 만든 것이 바로 최남선이 읽었던 『신체시초(新體詩抄)』라는 책이다. 이렇게 해서 『신체시초』는 서양의 '시(詩)'를 일본으로 도입하여 일본 '근대' 문학 지주의 하나를 구축하는 것, 혹은 적어도 그 초석을 놓는 것에 성공했다.

이제 왜 일본에서 하이쿠가 한국의 시조에 비해 대중적이고 번창하는지, 왜 아직도 초등학교에서 하이쿠 대회를 벌이는지, 어느 시골에 가도 하이쿠 창작모임이 왜 있는지, 그 이유가 조금 풀린다. 바로 현대시의 밑바탕에도, '쓸모 있는 과거'인 7·5조가 살아 있기 때문이다. 이렇게 일본 근대시가 탄생되던 리듬의 비밀을 분석해낸 이가 가와모토 코지 교수다.

선생님과 사흘을 만해마을에서 지내고 함께 동해안 바닷가도 가고, 백담사에 가서 만해의 혼이 느껴지는 거대한 공기도 마셨다. 선생님은 영어, 독어, 중국어로 번역된 『일본 시가의 전통 : 7·5조의 비밀』을 한국어로 번역해달라고 하셨다. 나는 그분의 책을 번역은커녕 이해할 깜냥도 까마득히 빈천하다. 큰 숙제를 지고 산에서 내려왔지만, 마쓰오 바쇼의 하이쿠와 벗하니, 불현듯 구름 하나 빠르게 움직인다.

서언득 선득
벽에 딱 달라붙어
낮잠 자누나
ひやひやと壁をふまへて晝寢かな

나그네라고
내 이름을 부르는
첫 늦가을 비
旅人とわが名呼ばれん初しぐれ

가을은 깊고
이웃은 무얼 하는
사람일까
秋ふかし隣はなにをする人ぞ

오랜 연못이여
개구리 뛰어드는
물소리 풍당
古池や蛙飛びこむ水のおと

이 길이여

행인 하나 없이
저무는 가을
此道や行人なしに秋の暮

오월 장마비
물길 모아 빠르다
모가미 강
五月雨をあつめて早し最上川

한적함이여
바위에 스며드는
매미의 소리
閑かさや岩にしみ入る蟬の聲

오스기 사카에

놀면서 '일범일어(一犯一語)'

『오스기 사카에 자서전』(실천문학사)을 번역할 때 일이다. 일본의 군국주의에 반대했던 아나키스트 오스기 사카에는 1923년 관동대지진 때 국가적 폭력에 의해 살해당한 인물이다. '인생이란 장편소설 한 편을 쓰는 것이다'라는 생각이 번역하는 내 머리에서 떠나지 않았다. 마치 자기가 죽을 날짜를 알고 있다는 듯이, 유유자적 노는 듯이 살아가는 오스기 사카에 자신이 삶의 진창길을 세밀히 기록한 책이다. 읽다보면 재미있는 대목이 나온다.

본래 나는 '일범일어(一犯一語)'의 원칙이 있었다. 그것은 한 번 감옥에 들어갈 때마다 외국어 하나씩을 공부한다는 뜻이다. 맨 처음 미결감 때에는 에스페란토를 공부했다. 다음 스가모에서는 이탈리아어, 두 번째의 스가

모에선 독일어를 약간 맛봤다. 이번에도 미결수일 때부
터 독일어를 계속하고 있었다. 그런데 형기가 기니까 독
일어가 어느 정도 되면 다음엔 러시아어를 해보자고 마음
먹었다. 그리고 나가기 전까지 스페인어도 약간 손대보
자고 정했다. 지금까지의 경험에 의하면, 거의 3개월 정
도면 기초를 끝내고 6개월 정도면 사전 없이 대충 책을
읽을 수 있었다.

『오스기 사카에 자서전』 223쪽

일제 군국주의에 반대했던 그는 감옥을 안방처럼 들락 날락했다. 감방 들어가는 내용이 마치 놀러 가는 듯하다. 감옥에 들어갈 때마다 외국어를 하나씩 익혔던 그는 '언어천재'였다. 그의 책을 읽다보면 어떤 어려움따월랑 그저 놀면서 극복하는 '놀이인간'으로 느껴진다.

1906년 처음 감옥에 갇힌 그는 3개월 간 에스페란토를 공부하고, 일본 에스페란토를 세운 인물이 된다. 도쿄에서 그에게 에스페란토를 배운 중국 유학생들이 그것을 중국에 전파시킨다. 그래서 오스기를 '아시아 에스페란토의 선구자'라고도 한다. 사회운동가 이전에 그는 언론인, 번역가, 문예평론가, 수필가, 시인이었다. 14권의 전집을 낸 그는 파브르의 『곤충기』, 다윈의 『종의 기원』 등을 처음 번역 소개했으며, 이 책들은 아직도 오스기 번역본으로 읽힐 만큼 정평이 나 있다.

인용문을 번역하다가 지난날이 떠올랐다. 80년대 당시 감옥에 갔다온 많은 사람들이 위암으로 죽었다. 부패한 정치체제에 대한 분노와 스트레스는 무자비한 곡괭이처럼 몇 달 만에 내 위장벽에도 깊은 수렁을 파놓았고, 금방 거덜난 위궤양 환자가 되었다. 그 몇 달 때문에 15년 동안 위장약을 달고 살아야 했다. 지금도 내시경으로 보면 철거될 아파트 벽에 갈라진 상처가 이력서에 꼭꼭 눌러 쓴 친필마냥 위장벽에 깊이 새겨져 있다.

그런 지경에서 천연히 외국어 공부에 몰입하며 다음

시기를 준비했던 오스기 사카에의 저 태연한 감방 독학 수업 풍경을 보면, 인생이란 여행은 눈물도 수행(修行)도 아닌 그저 놀이일 뿐이다. 절망의 순간을 놀이의 기회로, 흥분하거나 좌절하지 말고, 늘 '평상심(平常心)'으로 놀면서 살아가자는 말이다. 놀면서 말이다.

'일범일어(一犯一語)'라는 말처럼, 모든 시련을 거꾸로 외국어와 노는 기회로 살자, 라고 내 영혼의 수첩에 새기며 다짐하곤 한다. 요즘 내 위장벽에는 갓 아문 생살이 우주의 맑은 즙을 퍼올리고 있다.

월간 『행복한 동행』, 2005, 9.

아시아적 신체, 양석일

모든 차별은 신체에 대한 표현에서

백인과 흑인이 그렇고, 황인종이란 말도 그렇다. 돼지 족발처럼 생긴 지카다비를 신은 일본인에게 우리가 '쪽발이'라고 하는 것도 신체에 대한 차별이다. 어쩔 수 없이 일본에서 태어난 재일조선인들에게 '반쪽발이'라고 왕따하는 것도 신체적 차별이다.

"일본인의 몸에서는 오줌 냄새가 난다."
"조선인의 피는 더럽다."
"지나인(중국인) 몸은 더럽다."

이 모든 말은 신체를 이용한 차별 표현들이다. 그것이 어느 결정적인 순간이 되면 국가적 폭력으로 발전한다.

1970년대에 중고등학교를 다녔던 사람에게는 '미친

『아시아적 신체』의 저자 양석일 선생님(왼쪽)과 함께.

개'라는 잊지 못할 선생님이 있을 것이다. 왜 당시에는
거의 모든 학교에 '미친개'라는 선생이 있었을까. 필자
가 다니던 학교에도 '미친개'라는 교련 선생이 있었다.
운동장에서 사열을 훈련하다가 마음에 안 맞으면, 열댓
명을 넘어 백여 명까지 지칠 때까지 뺨따구를 갈겼다. 멀
리서 교장 선생님이 보았으나 말리지 않았고, 아무도 부
모님에게 말하지 않았고, 부모님이 알더라도 어련히 그
것이 교육인 줄 알고 있던 시대였다. 그 시대는 군대문화
가 사회의 잣대였고, 그 군대문화는 교련복을 입은 모든
중고등학교 교실과 가족에게까지 일상화되어 있었다.

거대한 권력의 폭력은 모든 사회에 스며들어 폭력을
행사하고, 그 폭력은 질서라는 이름으로 합리화된다.

1923년 9월 1일, 조선인 학살은 바로 이러한 신체적 차별의 일상화를 통해 이루어진 학살이었다. 도대체 3일 만에 6,000여 명을 어떻게 죽였을까. 아직도 의문이다.

아시아적 신체

1940년대 아시아는 거대한 폭력으로 질서가 잡혀왔다. 특히 태평양전쟁은 일본, 그 중심의 '천황 폐하'를 위하여, 신체를 훼손해야 했다. 남자들은 옥쇄를 감행하며 자신들의 신체를 훼손하고, 여자들은 자기 성기를 훼손하는 것이 천황을 위한 봉사라고 묵인되었다.

1943년 여름, 태어나 1년 된 아이를 품은 어머니가 조선 경상북도 대구를 걷고 있을 때, 트럭 한 대가 와서, '근로보고회'라고 하는 징용을 징발하는 몇 명의 일본인 남자와 경찰이 그녀에게서 아이를 빼앗아 길가에 버리고, 그녀는 납치되듯 트럭에 실려 3일 후 만주에 끌려갔던 것이다. 그리고 그날 밤, 갑자기 일본 병사 수십 명을 위안하는 대상이 되어, 하룻밤 만에 그녀의 인격은 발기발기 해체돼버렸다. 그날 밤부터, 그녀는 하루 50여 명의 일본 병사를 상대했던 것이다. 짐승 이하의 짐승, 게다가 성기만 드러낸 가축으로서 길러져, 일본군과 함께, 중국 대륙을 전전했다. 마치 시체가 발로 밟히듯, 그녀의 육체는 밟혔던 것이다.

『아시아적 신체』, 양석일.

재일 소설가 양석일 선생의 평론집 『아시아적 신체』 (1990)라는 책 284쪽에 나오는 대목이다. 군인위안부 사건은 아시아에서 벌어진 '아시아적 신체'의 대표적인 사건이다.

양석일 선생이 만들어낸 이 말은 『광조곡』(1981), 『어둠을 걸고』(1981), 영화로도 만들어진 『피와 뼈』(1998), 『어둠의 아이들』(문학동네, 김응교 번역, 2002)을 관통하는 근본 사상이다. 소설가 양석일의 소설을 분석하는 가장 근본적인 사상이라고 할 수 있다.

장편소설 『피와 뼈』의 영화는 괴물 같은 아버지 김준

평(기타노 다케시 역)이 주인공이다. 이 아버지는 아내를 강간하듯 겁탈하고, 거칠 것 없이 주변의 여인들을 겁탈한다. 화가 나면 아무나 칼을 쑤시고, 더 화가 나면 자기 배를 칼로 쑤시는 괴물이다. 이 소설은 이 괴물이 늙어 걷지 못하자, 만경봉호를 타고 북한으로 가서 외롭게 죽어가는 종말로 마무리된다.

이 소설에 등장하는 아버지를 단순히 한국 유교의 권위주의적 화신으로 분석하면, 소설의 의미를 지독히 좁히는 해석이라 하겠다. 이 아버지야말로, 1930년대 이후 국가가 사람을 전쟁터로 보내고, 신체를 훼손시키는 폭력적인 사회에서 폭력으로밖에 살아갈 수 없는 비극적인 존재를 상징한다. 이른바 '국가적 폭력의 육체화' 된 표상이 주인공 김준평이다.

용산적 신체

용산 참사 사건을 경험하면서, 아시아적 신체는 '용산적 신체' 와 자꾸 겹쳐진다. 내가 태어나고 자란 용산은 식민지 1번지라고 한다. 지금의 용산우체국 건물은 일제 시대 때 재조(在朝) 대일본군 총사령부가 있던 곳이다. 징용되어 가는 조선 병사들은 용산역에서 부산으로 가서, 배를 타고 현해탄을 건너 시모노세키에 도착하여, 기차를 타고 도쿄까지 와서 야스쿠니 신사에서 맹세하고 전쟁터로 향했다. 일본에서 활주로 노동자였던 나의 아

『피와 뼈』, 양석일.

버지도 이 코스로 도쿄에 가서 일본군으로 있다가 해방
을 맞이했다. 용산은 조선 남자들의 육체가 전쟁터로 끌
려가던 곳이었다.

　해방후 용산역은 시인 이용악이 시로 썼듯이 철도노동
자의 투쟁이 있었던 곳이다. 부르스 커밍스는 『한국 전쟁
의 기원(The Origin of Korean War)』에서, 해방 후 곧 일
어난 노동자의 용산역 투쟁을 한국전쟁의 씨앗이 발아한
사건으로 잡고 있다. 이렇게 용산은 한반도라는 신체가
갈기갈기 찢어지는 진원지이기도 하다.

식민지 공창 시절부터 있었던 창녀촌은 지금도 용산역 앞 골목에 길게 늘어서 있었다. 용산역 창녀촌의 주고객은 재조(在朝) 대일본군 총사령부의 병사들이었다.

설날에도 가슴과 허리와 엉덩이를 반쯤 드러낸, 세상 어디 내놓아도 밀리지 않을, 하나같이 까만 긴 머리의 미인들이 20센티쯤 될 굽 높은 구두를 신고 손님을 기다린다. 살아 있는 인형들, 저들 모두가 아시아적 신체이며, 용산적 신체일 것이다.

용산역 인근, 밤새 떨며 손님을 기다리는 창녀들의 꿈을 연민의 눈으로 보고 싶을 정도로 내 영혼은 깨끗하지 않다. 다만 붉은 등불 밑에 마치 푸줏간 쇠고기처럼 살을 드러내고 손님을 기다리는 아가씨들을 기웃거리는 시골에서 온 싸구려 일본인 관광객들, 저들은 정태춘이 부른 〈6만 엔이란다〉의 반절 정도 돈을 내고 세칭 '기생관광'을 왔을 것이다. 용산역 앞골목을 명상하며 아시아적 신체의 역사나 떠올리는 나는 지독한 먹물이다.

이 모든 폭력의 총체적인 사건은 2009년 용산 철거민 참사사건이 아닌가 싶다. 독점자본의 증식을 위해서 서민의 육체를 훼손시키는 것이다. 용역을 시켜 마구 때리는 거다. 그 모든 폭력이 법과 질서라는 이름으로 합리화된다. 국가적 폭력으로 시민의 육체를 훼손시킨 이 사건은 '용산적 신체'의 총집합이다.

다시 미친개 이야기

요즘 우리 나라에 미친개들이 돌아다닌다. 착한 사람들을 마구 물어 죽이고도 아무 잘못 없다고 한다. 이들은 실실 웃고 다니는 용역의 얼굴이거나, 정의를 지키는 척하는 검사의 얼굴을 하고 있다. 가끔 텔레비전에 나와 와이셔츠 눈웃음을 짓기도 한다. 미친개가 자기가 미친개인지 모르는, 미친개가 미친개를 보호하는 미친개 세상에서, 나는 아기장수를 기다리듯 용을 꿈꾼다. 그 용은 그저 저 모든 아픔, 이른바 '아시아적 신체' 든 '용산적 신체' 든 저 비극을 품어 안고 비상하는 용이다. 미친개들이 그 용태에 도망갈 만한 하늘만치 큼직한 용이다. 그렇지만, 아직 내 고향 용산(龍山)에는 용이 살지 않는다.

2009.

치유와 단독자의 하루키 놀이공원

하루키와 여행하기

1949년생인 하루키는 와세다대학교 출신이다. 하루키의 출세작인 『노르웨이의 숲』의 배경은 신주쿠 지역과 와세다대학이다. 1998년부터 10년간 와세다대학에서 근무했던 나는 2007년 11월 19일 와세다대학에서 쓰보우치 쇼요 대상을 받는 무라카미 하루키를 보았다. 양복을 입은 그는 구두 대신 운동화를 신고 있었다. 그 운동화가 하루키 문학을 보여주는 상징적인 기표 같았다.

1989년 『상실의 시대』로 제목이 바뀌어 번역된 『노르웨이의 숲』을 읽었다. 당시 20대였던 내가 체험하지 못했던 일본에서 펼쳐지는 하루키 문학은 권태로운 이야기일 뿐이었다. 주인공들이 괴로워하는 모습을 이해하지 못하고, 그러한 문제를 다루는 하루키 문학을 가볍게 보기도 했다. 왜 하루키 문학을 무시하고 싫어했을까.

早稲田大学坪内逍遙大賞授賞

2007년 11월 19일 와세다대학에서 쓰보우치 쇼요 대상을 받는 무라카미 하루키.

하루키 장편소설 『색채가 없는 다자키 쓰쿠루와 그가 순례를 떠난 해』(민음사)를 독자들이 어떻게 읽었는지 궁금하다. 하루키 문학에는 어떤 비슷한 논리가 흐른다. 열 권 읽으나, 스무 권 읽으나 비슷한 느낌이 들지는 않는가. 여러분은 하루키 소설을 어떻게 읽으셨는가. 하루키 소설은 마약인가, 비타민인가, 코카콜라인가. 아마 읽는 사람마다 하루키 소설에 대한 평가는 다를 것이다.

한국인 중에 많은 독자는 하루키 소설을 잠깐 시원한 콜라로 여기거나, 아니면 현실도피 의식을 주입하는 마약으로 생각하는 비평가도 있다. 내가 만났던 몇몇 일본인은 하루키 소설을 비타민이라고 표현했다.

일본에서 하루키 문학을 대하는 일본 대학생들의 태도는 많이 달랐다. 적지 않은 학생들이 눈물 흘리며 하루키 문학을 읽는 현상을 쉽게 이해할 수 없었다. 그러다가 『해변의 카프카』를 읽고 '아차, 속았다'는 생각이 들었다. 역시 하루키는 일본의 죄를 모르고 있구나, 하며 하루키 문학에 대한 거부감은 터질 듯 증폭되었다.

하루키 소설의 핵심에는 일본인을 위한 힐링이 있다. 치유(治癒, いやし), 치유 말이다.

일본인 입장에서 본다면, 하루키 문학의 핵심은 '치유'다. 천천히 설명하겠지만 '치유의 문학'이라는 시각에서 보면, 하루키 문학은 가장 일본적이다. 많은 연구자들이 하루키 소설은 무국적, 비(非)일본, 범(汎)아메리카라고 하지만 내가 보기엔 그러하면서도 동시에 '가장 일본적인 작가' 다. 더 정확히 말하면 현대 일본인의 심리를 잘 읽어내는 작가라는 의미이다. 왜 그런지 몇 부분으로 나누어 이야기를 시작해보겠다.

하루키의 여러 책 중에서 『노르웨이의 숲』, 『색채가 없는 다자키 쓰쿠루와 그가 순례를 떠난 해』, 『1Q84』를 살펴보겠다.

『1Q84』를 보자. 종교적 전체주의에 관한 이야기인 『1Q84』를 썼을 때 하루키가 경험했던 것은 옴진리교다. 하루키에게 영혼의 지진을 일으킨 두 가지 사건인 전공투 사건에 참여하지 못한 자괴감, 그리고 옴진리교를 통해 소설의 지형이 바뀐다.

1969년 도쿄에서 전공투 사건이 터진다. 전공투는 전학공투회의(全學共鬪會議)의 줄임말로 1960년대 일본 학생운동 시기에, 1968년에서 1969년에 걸쳐 각 대학교에 결성된 주요 각파의 전학련이나 학생이 공동 투쟁한 조직이나 운동체를 말한다. 일본 공산당을 보수정당으로 규정하고 도쿄대학교를 중심으로 시작된 새로운 학생운동이다. 줄여서 '전공투(全共鬪)' 라고 하면, 1960년대 말 일련의 학생운동을 통틀어 의미하기도 한다. 베트남 전쟁을 반대하며, 일본을 위한 민주주의를 시작하기 위해 천황제를 없애야 한다는 좌파 학생운동이었다. 그런데 천황제라는 초자아의 팔루스(Phallus), 곧 정신적 아버지를 살해하는 데 실패한다. 베트남뿐 아니라 나리타공항 건설반대 등 온갖 운동을 하며 민주사회를 만들려 했던 시도들도 실패한다.

실패가 굉장히 중요하다. 문학은 실패, 그 실패로 생긴 결핍과 결여, 그 텅 빈 공간에서 판타지와 이야기가 발생한다. 그 결핍의 이야기를 쓴 소설이 『노르웨이의 숲』이다.

주인공이 다니는 와세다대학은 일본 최고의 학교다. 그 학교가 최고 열심히 진보 운동을 했던 학교다. 그런데 와세다대학 학생 하나가 실패의 좌절로 자동차에서 자살한다. 『노르웨이의 숲』이 겉으로는 여학생과 자유롭게 성행위하며 지내는 이야기이지만 그 안에는 허무주의, 결핍주의, 자유에 대한 이야기가 깃들어 있다.

『노르웨이의 숲』에서 주인공은 『위대한 게츠비』를 쓴 스콧 피츠제럴드를 가장 좋아한다.

『위대한 게츠비』는 그 후 계속 내 최고의 소설로 남았다. 불현듯 생각나면 나는 책꽂이에서 『위대한 게츠비』를 꺼내 아무렇게나 페이지를 펼쳐 그 부분을 집중해서 읽곤 했는데, 단 한 번도 나를 실망시키지 않았다. 한 페이지도 재미없는 페이지는 없었다. 어떻게 이리도 멋질 수가 있을까 감탄했다. 사람들에게 그게 얼마나 멋진 소설인지 알려주고 싶었다.

(중략)

　"『위대한 게츠비』를 세 번이나 읽을 정도면 나하고 친
구가 될 수 있을 것 같은데."그는 혼잣말처럼 중얼거렸
다. 그리고 우리는 친구가 되었다.

무라카미 하루키, 『노르웨이의 숲』 민음사, 58쪽.

　등장인물이 『위대한 게츠비』(1925)를 좋아한다는 말
은 무라카미 하루키 자신의 고백이기도 하다. 하루키는
스콧 피츠제럴드를 가리켜 "한동안 그만이 나의 스승이
요, 대학이요, 문학하는 동료였다."고 말하기도 했다. 감
수성이 예민한 고교시절부터 피츠제럴드의 소설이라면
닥치는 대로 열심히 읽었다고 한다. 또한 하루키의 소설
에서 피츠제럴드의 영향을 쉽게 발견할 수 있다.

　그런데 『위대한 게츠비』의 주인공이 겪은 성공과 좌절
은 당시 일본 사회의 갑작스런 성공과 그 이면의 좌절을
연상케 한다. 밀주 사업을 통해 마피아와 친분을 맺고 부
자가 된 게츠비의 모습은 폭력적인 방식으로 서부로 영
토를 확장했으며 제1차 세계대전 이후 강대국의 지위에
오른 미국을 상상케 한다. 졸부가 된 게츠비가 몰락하는
과정은 미국 역사의 압축판으로 볼 수 있다. 피츠제럴드
의 예언처럼 제1차 세계대전 직후 엄청난 거품이 끼었던
미국 경제는 '위대한 게츠비'가 무너지듯 경제 공황으로
붕괴된다.

『위대한 게츠비』에서 졸부가 된 주인공이 죽음에 이르는 과정처럼, 무라카미 하루키가 보았을 때 일본 사회 역시 비슷하게 보이지 않았을까. 갑작스럽게 부자가 된 일본 사회에는 부패가 만연했고, 전공투는 실패한다.

1980년대에 번역되어 나왔을 때의 우리나라 상황도 비슷했다. 왜 한국에서 『노르웨이의 숲』은 베스트셀러가 되었을까. 『위대한 게츠비』가 겪었던 실패, 『노르웨이의 숲』의 주인공들이 겪었던 좌절을 1980년대 말 한국의 젊은이도 겪은 것은 아닐까. 전공투가 좌절했던 일본 젊은이들과 1987년 민주화투쟁을 하고난 뒤 좌절했던 한국 젊은이들의 결핍이 닮았기 때문이 아닐까.

신자본주의 도서문화 속에서 태어난 하루키 문학의 변화과정은 우리에게도 맞을 수밖에 없었다. 하루키 이전에 한국인은 『빙점』을 쓴 미우라 아야코[三浦綾子, 1922~1999] 외에는 일본 문학을 거부해왔었다. 하루키 문학이 일본 문학에 대한 한국 독자들의 강고한 벽을 부수고 들어온 것이다. 이야기가 담고 있는 담론이 시대와 딱 맞았기 때문이다. 우리가 민주화 실패의 환멸 속에서 발견한 게 하루키였던 것이다. 누구에게는 콜라나 비타민이었을지 모르나, 어떤 이에게는 위로제 정도는 되었다는 이야기다.

하루키 시뮬라크르

여기는 구경거리의 세계
처음부터 끝까지 모두 다 꾸며낸 것
하지만 네가 나를 믿어준다면
모두 다 진짜가 될 거야

It's a Bamum and Baily world
Just as phony as it can be
But it wouldn't be make-believe
If you believed in me.
- E.Y. Harburg & Harold Arlen, It's Only a Paper Moon.

노래 가사를 닮은 이 인용문은 하루키 장편소설 『1Q84』에 서언으로 나오는 메모다. "여기는 구경거리의 세계 / 처음부터 끝까지 모두 다 꾸며낸 것"이라고 한다. 하루키 자신의 고백이다. 하루키 문학의 핵심은 허구를 만드는 거다. 그런데 다음 말이 중요하다. "하지만 네가 나를 믿어준다면 / 모두 다 진짜가 될 거야"라는, 거짓말을 진실로 믿어줄 거라는 확신 말이다. 거짓말을 통해 진실을 말하는 것이 작가다. 거짓말을 할 줄 아는 건 작가적 재능이다.

시뮬라크르(simulacre)란 영어로 '시뮬레이션', 즉 허상, 헛것이다. 예를 들어 장례식이라고 하면 1970년대만 해도 병풍 뒤에 관을 두고 시체 냄새를 맡았었다. 그것은 허구가 아닌 진실이었다. 그런데 지금은 시신은 냉동실에 가 있고, 초상화라는 시뮬라크르 앞에서 사람들이 운다. 초상화는 헛것일 뿐인데. 이미지 앞에서 우는 것이다. 이게 시뮬라크르다. 우리 세계에는 허상이 많다. 대체로 가공은 거짓이다. 그런데 가공에서 진실을 말할 수도 있다는 걸 보여주는 작가가 하루키다. 거짓말을 잘 만든다. 뛰어난 거짓말이다. 그래서 나는 하루키가 만들어낸 판타지라는 의미에서 '하루키 시뮬라크르'라는 제목을 붙여보았다.

이 대목에서는 '하루키 문학이 과연 의미가 있는가'에 대한 이야기를 해보려 한다. 포스트 모더니즘의 핵심은 생각을 없애주는 거다. 재미있게 보지만 보고 나면 기억이 안 난다. 그런 평가가 대부분인 하루키 문학을 우리는 어떻게 받아들여야 할까. 하루키 문학의 특징을 몇 가지 짚어보겠다.

완전한 가공, 라이팅 전체주의

라이팅 전체주의라고 하는 것은 작가가 등장인물을 완전히 사로잡는 형태다. 소설을 쓰다 보면 절제가 잘 안 되는데, 하루키는 자기가 자기 몸을 관리하듯 인물을 철저히 관리한다.

『색채가 없는 다자키 쓰쿠루와 그가 순례를 떠난 해』는 그의 초기작 『상실의 시대』의 연작이며 완결작처럼 느껴지기도 한다. 다자키 쓰쿠루는 뛰어난 두뇌로 성적에서 톱을 놓치지 않는 아카[赤], 럭비부 주장인 아오[靑], 음악적 감수성이 빛나는 미소녀 시로[白], 유머감각이 돋보이는 구로[黑]까지 색채가 풍부한 완벽한 공동체에 속해 있었다. 이미 등장인물을 구상하는 데, 하루키다운 창발성이 돋보인다. 친구들 중 혼자 이름에 색깔이 없는 '쓰쿠루[作, 만들다]' 가 대학교 2학년 때 4명의 친구에게 절연을 당하고, 그 이후의 시점에서 이야기는 시작된다.

하루키 문학에는 뚜렷한 주제의식이 없다기보다는 주제의식이라고 연상되는 '어떤 것' 을 연신 빙빙 둘러 돌아가는 구조다. 쉽게 이 소설은 이거다, 하고 결론짓지 않는다. 이 소설을 읽은 독자들의 느낌은 모두 다를 것이다. 잃은 친구들에 대한 아련한 기억들, 사라지는 것들에 대한 애착 등등 읽는 자마다 느낌이 다를 것이다. 이런 다양한 느낌, 하루키가 바라는 바이기도 할 것이다.

이 소설에서 쓰쿠루라는 인물이 술 마시는 장면이 여러 번 나온다. 주량이라든지, 습관이라든지 그런 걸 매우 주도면밀하게 맞춰놓은 걸 알 수 있다. 장편소설은 마라톤이어서 문체가 흔들리면 안 된다. 처음부터 끝까지 정교해야 하는데 그게 철저하다. 독자들은 한 번이라도 실패하면 매몰차게 떠나는데 그런 점에 있어서 신뢰를 준다. 나는 흠을 잡으려 애를 썼는데, 쓰쿠루 주량을 찾아보니 다 맞았다. 계산했구나. 여자의 외모 묘사나 말투도 틀리기 쉬운 부분인데 하루키는 틀리지 않는다. 정확하게 한 권 전체를 맞춰놓는 게 쉽지 않은데, 이런 걸 철저하게 하는 사람이다. 절대 빈틈이 없다.

엄마 이미지

어머니와 한 몸을 이룬 묘사가 많다. 어머니와 섹스하는 몽상도 소설 『해변의 카프카』에서 등장한다. 이런 것들은 도덕적 체계를 전복시키는 특이한 설정이다. 하루키 소설을 읽다보면 작가가 무엇을 공부했는지 느껴진다. 프로이트를 엄청 공부했다. 라깡의 흔적도 많다. 어머니가 등장하는데 프로이트 미학의 리비도, 성적 욕망에 대한 이야기를 한다.

유아성욕이라고 번역되는데 우리가 말하는 섹스와는 다르다. 욕망이다. 유아가 가진 충동이다. 걸어가다 "꽃이 예쁘다"라고 하면 리비도다. 또 하나는 타나토스다. 죽음에 대한 욕망이다. 정말 죽는 것이 아니라 물 속에 있 듯, 엄마의 자궁 안에 죽은 듯 있었을 때가 가장 편했던 때다. 인간이 가장 편했을 때는 엄마 배 속에 있을 때다. 그게 타나토스다. 어두운 곳에 앉는 것, 강요받지 않는 게 좋은 사람들은 타나토스가 강한 사람들이다. 인간은 그쪽으로 가고 싶어한다. 다시는 돌아갈 수 없는 영원한 평안을 그리는 것, 그때 환상이 발생한다. 나이가 들수록 어머니를 그리워하게 된다. 하루키가 환상을 만드는 기본은 엄마의 자궁이다. 엄마 배 속으로 들어가는 것을 모성회귀본능(母性回歸本能)이라고 한다. 엄마와 자신은 붙어 있기 때문에 엄마를 빼는 건, 곧 나를 빼는 것이다. 엄마를 찾는 애들은 결핍이 있는 아이들이다. 엄마를 잃은 결핍이 영원히 지속되는 사람이 『1Q84』의 덴고다. 덴고는 엄마를 대신한 여인들을 만난다. 여자친구인 연상의 유부녀를 생각하며 자위하고, 다른 여자와 섹스를 할 때는 엄마의 란제리를 생각한다. 소설에 엄마 배속으로 들어가는 과정을 만들어주는 것이다. 하루키 문학에서는 엄마의 이미지가 환상성을 부각시키는 기능을 한다.

혼자말, 무의식의 세계를 쓴다

『노르웨이의 숲』은 대사가 길다. 그리고 사람들이 정상이 아니다. 하루키는 무의식이나 꿈, 환상의 이야기를 쓰는 작가다. 도스토예프스키의 영향을 많이 받았다. 필터를 거치지 않는 인간의 무의식, 그것이 진실이라고 생각하고 쓴 작가다. 니체나 프로이트도 그렇고 무의식을 쓰는 것이 근대의 출발이다. 카프카도 그렇고. 이전 작품도 그렇지만 이 소설에서도 하루키가 정신분석학을 많이 공부하거나 생각했다는 흔적들이 곳곳에 나타난다. 『색채가 없는 다자키 쓰쿠루와 그가 순례를 떠난 해』의 몇 부분을 보자.

쓰쿠루는 죽음의 입구에서 살았다. 바닥 없는 시커먼 구멍의 테두리에 아주 작은 공간을 마련하고 거기서 혼자 살았다. (52쪽)

꿈속의 행위에 지나지 않는다 하더라도 자신에게도 어떤 책임이 있지 않을까 하는 느낌에서 벗어날 수 없었다. (374쪽)

그녀의 몸에 손을 댈 수 있는 꿈이라면 더 말할 나위 없다. 어차피 꿈이니까. (435쪽)

이런 표현을 보면 프로이트의 모성회귀본능을 떠오르게 한다. 섹스하면서도 그 섹스가 꿈인지 실제인지 쓰쿠루는 구별하지 못한다. 무의식의 세계가 현실과 구별이 없다는 구상은 그의 전 소설에서 자주 나오는 테마이기도 하다.

하루키 문학의 장치들
하루키 소설이 늘 그렇듯이 몇 가지 공통적인 장치가

나온다. 마치 놀이공원에 가면 롤러코스터가 있듯이, 그의 '소설공원'에는 소설적 기교라는 익숙한 장치들이 등장한다.

첫째 마치 트위터 문장을 닮은 짧은 호흡의 문장이 속도 있게 읽힌다. '~같이, ~처럼(みたい, ように)'을 많이 쓰는 20대 젊은이가 쓴 거 같은 레토릭이 친근하게 자주 나온다. 원서를 확인해봐야 하겠지만, 양억관 선생의 번역을 신뢰하는 바, 가끔 『색채가 없는 다자키 쓰쿠루와 그가 순례를 떠난 해』에서 나오는 고딕체로 강조한 단어들은 소설을 읽다가 멈칫 묵상하게 만든다.

둘째 군데군데 등장하는 경구성 문장, 가령 "사고란 수염 같은 것이다. 성장하기 전에는 나오지 않는다."(60쪽) 같은 문장을 읽을 때 책을 읽으며 순례하는 느낌의 만족감을 준다.

셋째 일상적으로 볼 수 있는 상품명이나 자동차 이름을 그대로 쓴다. 특히 세계적으로 퍼져 있는 스타벅스 같은 아메리카가 만든 이름이 반드시 나온다. 일상생활을 특정단어로 텍스트 안으로 끌어들이는 거다.

넷째 지루할 것 같을 때 반드시 등장하는, 느낄 수 있는 자극을 주면서도 절제된 성(性)묘사는 일상적으로 등장한다.

다섯째 엎치락뒤치락하는 미스터리 닮은 재미가 어우러져, 한번 잡으면 끝까지 읽게 만든다. 도스토예프스키가 자주 썼던 추리기법이 하루키 문학에서는 주요기법 중의 하나다.

여섯째 빈틈없고 세밀한 인물묘사가 신뢰성을 준다. 가령 쓰쿠루의 주량이 당시 상황에 따라 미묘하게 달라진다. 쓰쿠루의 주량은 "위스키를 마치 약처럼 조그만 잔에 따라 한 잔만 마셨다. 고맙게도 술이 세지 않은 체질이라 소량의 위스키가 아주 간단히 그를 잠의 세계로 이끌어 주었다."(10쪽)라고 써 있는데, 다음에는 "쓰쿠루는 평소처럼 와인을 한 잔만 마시고 그녀가 남은 카라페를 다 마셨다. 알코올에 강한 체질인 듯 아무리 마셔도 얼굴색 하나 바뀌지 않았다"(123~124쪽)라고 써 있는데 이 문장은 그녀가 알코올에 강한 체질이라는 말로 읽고 싶지 않은가. 그러다가 대학교 2학년 여름부터 겨울에 걸쳐 죽음만을 생각하던 나날들, "매일밤 이렇게 작은 잔에 위스키를 한 잔 따라 마셨다."(432쪽)고 써 있다. 등장인물의 심리 변화를 미묘한 주량의 변화로 표시하고 있는 거다. 흔히 장편소설을 검토할 때 시간이 맞는지 검토하는 경우가 있지만 인물 형상화가 흔들릴 때 작품에 대한 신뢰성이 떨어지는데, 하루키의 철저한 인물 세부묘사는 독자가 등장인물을 실제 만나는 것 같은 환상을 주는 기능을 한다.

하루키 문학의 음악들

일곱째 그의 소설에는 반드시 음악, 유튜브에 검색하

면 반드시 나올 음악이 나온다. 그러니까 자기 소설을 음악과 함께 듣고, 소설을 읽고 난 뒤에도 그 음악을 들으면 소설을 회감(回感)시킨다. 읽고 난 다음의 상상력까지 지배하려는 지독한 작가다. 하루키의 작품에서는 『노르웨이의 숲』에서부터 음악이 나온다. 음악을 들으며 책을 읽게 만든다. 『노르웨이의 숲』은 첫 장면부터 음악이 나온다. 음악을 듣지 않으면 느끼지 못하게 만든다. 하루키 소설에 나오는 음악들은 유튜브에 거의 다 나오는 유명한 음악들이다. 음악을 들으며 소설을 읽도록 만드는 작가가 하루키다.

서른일곱 살, 그때 나는 보잉747기 좌석에 앉아 있었다. 거대한 기체가 두꺼운 비구름을 뚫고 함부르크 공항에 내리려는 참이었다. 11월의 차가운 비가 대지를 어둡게 적시고, 비옷을 입은 정비사들, 밋밋한 공항 건물 위에 걸린 깃발, BMW 광고판, 그 모든 것이 폴랑드르파의 음울한 그림 배경처럼 보였다. 이런, 또 독일이군.

비행기가 멈춰 서자 금연 사인이 꺼지고 천장 스피커에서 나지막이 음악이 흐르기 시작했다. 어느 오케스트라가 감미롭게 연주하는 비틀스의 '노르웨이의 숲(Norwegian Wood)'이었다. 그리고 그 멜로디는 늘 그랬듯 나를 혼란에 빠뜨렸다. 아니, 그 어느 때보다 격렬하게 마구 뒤흔들어놓았다. (9쪽)

이 인용문은 장편소설 『노르웨이의 숲』(민음사, 2013)의 가장 첫 문단에 나오는 구절이다. 가장 도시적인 배경이 그려지고 그 다음에 곧바로 비틀스의 노래가 곁들여진다. 독자는 이국적 사물을 통해 서구적 판타지 도시로 입성(入城)하면서 그에 걸맞는 음악을 듣는 3D 영화를 보는 입체적인 환상에 첫 장면부터 빠져든다. 정신분석학을 많이 공부하거나 생각했다는 흔적들이 많이 나타난다. 『1Q84』 첫 문장에서도 음악이 나온다.

택시 라디오에서는 FM방송의 클래식 음악이 흘러나오고 있었다. 곡은 야나체크의 〈신포니에타〉. 정체에 말려든 택시 안에서 듣기에 어울리는 음악이랄 수는 없었다.

하루키 소설은 늘 음악을 들으며 읽도록 강요한다. 『색채가 없는 다자키 쓰쿠루와 그가 순례를 떠난 해』의 주제곡 〈르 말 뒤 페이(Le mal du pays)〉는 리스트의 피아노 모음집 '순례의 해'에 담긴 곡이다. '풍경이 안겨주는 영문 모를 슬픔'이라는 뜻이라는데, 소설하고 그럴듯하게 어울린다. 그야말로 롯데월드처럼 한번 들어가면 정신을 빼앗기는 '하루키 시뮬라크르'다.

가장 일본적인 문학

하루키 문학은 왜 일본인들에게 힐링이 되는가. 요시

모토 바나나가 소설을 쓰는 이유는 자살자를 막기 위함이라고 한다. 재미있게 써서 소설을 읽는 동안이라도 자살하지 않도록 하고 싶다고 바나나 씨는 말했다. 한국도 그러하지만 일본에는 좌절하고 자살하는 사람이 많다. 일본의 종교적 전체주의를 보며 하루키 역시 아픈 마음으로 피해자를 생각하며 글을 쓴 것이다.

『1Q84』를 보면 달이 두 개 나온다. 해가 아닌 달은 정통이 아니라 이단이다. 그리고 어떤 우상을 상징한다. 우상이 두 개가 있는 것이다. 그 속에서 옴진리교뿐만 아니라 다른 괴상한 종교들의 피해자 입장을 떠올려볼 수 있겠다. 피해자 입장에서는 가해자를 다시 만날까 두려우니 자살의 충동을 느껴 결국 자살한다. 평생 달이 2개로 보이는 거다. 이게 진짜인가 저게 진짜인가 하는 거다. 잘못된 이단의 교주이니 두 개로 보이기도 한다. 무엇이 진리인지 모르는 헷갈리는 상황이 지속되고 너무 힘들어서 사람들은 자살을 선택한다. 실체가 없고, 실체를 모르겠는 것들에게 늘상 지배받는 사람들의 모습을 상징적으로 표현한 것이다.

치유와 단독자, 힐링의 문학

하루키는 오옴진리교 등의 종교전체주의를 느낀 작가다. 하루키는 그것을 우리 안에 '숨은 신(Hidden God)'으로 보여준다.

민주주의인 척하는 파시즘이 가장 무서운데, 하루키 문학에서는 그 경고가 그로테스크하게 느껴지지 공포로 느껴지지 않는다. 그게 문제다. 당연히 독자들은 종교전체주의에 대해 두려워하기보다는 소설적 미학으로만 받아들이는 경우가 많은 것 같다.

하루키 소설은 어떻게 보면 전 세계적 루저를 겨냥하는 책이다. 그의 문학은 마취제, 콜라, 마약의 역할을 한다. 하지만 이 사람들의 입장에서는 이만한 비타민이 없다. 꿈이 없고, 정치적 비관주의, 이상적 허무주의에 빠져 있는 사람들에게 갈 길은 자살뿐이다. 이 책은 이런 사람들에게 위로가 된다. 실제로 일본에서 하루키는 구세주다. 핵심은 힐링, 치유다.

『해변의 카프카』에서는 15세 아이가 무슨 상처인지 모르나 상상 속에서 아버지를 죽이고, 엄마와 누나를 강간하고 교토로 간다. 그런데 상상인지 실제인지 의식하지 못한다. 2권 뒷부분에 일본인들이 군인 위안부를 강간하는 장면이 나온다. 이러한 장면은 수치스러운 역사를 숨기고 싶어하는 일본인들의 상처를 드러내는 부분이다. 일본인들 중에 과거 일본이 아시아 시민들에게 폭력을 행했던 수치스런 역사를 아는 이들은 괴로워한다. 그 수치를 아는 사람들은 그것 때문에 벗어나려고 이상한 행태를 보이기도 한다. 『해변의 카프카』는 역사적인 죄의식에 갇혀 있는 일본인의 역사적 괴로움을 치유해주기 위해 쓴다. 『1Q84』는 일본인을 지배하는 숨은 신(=우상)의 지배를 받는 사람들의 이야기이다. 누구나 모든 사람이 자기 단독자로 살지 못하고 모르모트로 산다. 그래서 이 사람이 바라는 건 어떻게 하면 죽지 않고, 전체주의에 들어가지 않고, 흔들리지 않고 단독자가 되느냐 하는 것이다.

가해자도, 피해자도 명확하지 않은 복잡하고 불완전한 인간세상에 대한 묘사는 도스토예프스키를 연상케 한다. '하루키 소설에 나타난 도스토예프스키'라는 주제는 큰 연구테마일 것이다. 또한 색채가 없거나 회색인간을 설명할 때는 니체의 『도덕의 계보학』의 한 부분을 읽는 듯하다. 상처를 확인하고 넘어서는 과정은 독자들의 마음을 울린다. 『색채가 없는 다자키 쓰쿠루와 그가 순례를 떠난 해』에 나오는 이런 문장을 읽어보라.

가버린 시간이 날카롭고 긴 꼬챙이가 되어 그의 심장을 꿰뚫었다. 소리 없는 은색 고통이 다가와 등골을 차갑고 딱딱한 얼음 기둥으로 바꾸어놓았다. 그 아픔은 언제까지고 같은 강도로 거기 머물렀다. 그는 숨을 멈추고 눈을 꼭 감은 채 가만히 아픔을 견뎌냈다. 알프레드 브렌델은 단정한 연주를 이어갔다. 소곡집은 제1년 스위스에서 제2년 이탈리아로 옮겨갔다. 그때 그는 비로소 모든 것을 받아들일 수 있었다. 영혼의 맨 밑바닥에서 다자키 쓰쿠루는 이해했다. 사람의 마음과 사람의 마음은 조화만으로 이루어진 것이 아니다. 오히려 상처와 상처로 깊이 연결된 것이다. 아픔과 아픔으로 나약함과 나약함으로 이어진다. 비통한 절규를 내포하지 않은 고요는 없으며 땅위에 피흘리지 않는 용서는 없고, 가슴 아픈 상실을 통과하지 않는 수용은 없다. 그것이 진정한 조화의 근저에 있는 것이다." (363~364쪽)

이 부분을 감상적이고 상투적이라고 비판하는 사람이 있을지 모르나, 바로 이러한 센티멘털리즘적인 도시적 감상주의야말로, 스스로 어느 정도 엘리트라고 생각하며 이 시대를 살아가는 중산층들의 결핍에 정확히 어울리는 표현이 아닐까.

하루키 소설에 뚜렷하게 돋아보이는 주제 중 하나는 단독자(Singularity)에 대한 깊은 성찰이다. 외롭고 고독하게 혼자 살아간다는 것의 의미에 대해 하루키는 깊이 접근한다.

다자키 쓰쿠루가 그렇게나 강렬하게 죽음에 이끌렸던 계기가 무엇이었는지는 명백하다. 어느 날 그는 오랫동안 친하게 지냈던 네 명의 친구들에게서 '우리는 앞으로 널 만나고 싶지 않아, 말도 하기 싫어' 라는 절교 선언을 받았다. 단호하게, 타협의 여지도 없이 갑작스럽게. (10쪽)

다자키 쓰쿠루에게는 가야 할 장소가 없다. 그것은 그의 인생에서 하나의 테제 같은 것이었다. (419쪽)

고등학교 시절, 다섯 명은 빈틈 하나 없이 거의 완벽한 조화를 이루었다. 그들은 서로를 있는 그대로 받아들이고 이해했다. 구성원 모두가 거기에서 깊은 행복을 맛보았다. 그러나 그런 최고의 행복이 영원히 계속될 수는 없다. 낙원은 언젠가는 사라지는 것이다. (428쪽)

우리는 그때 뭔가를 강하게 믿었고, 뭔가를 강하게 믿을 수 있는 자기 자신을 가졌어. 그런 마음이 그냥 어딘가로 허망하게 사라져버리지는 않아. (437쪽)

혼자 살아가는 삶에 대해 『색채가 없는 다자키 쓰쿠루와 그가 순례를 떠난 해』는 끈질기게 묘사한다. 하루키 소설의 거의 모든 주제라 할 수 있다. 상처 없는 사람이 어디 있을까. 단독자라는 개념은 근대 이후 최고의 관심 영역이고 세계인 누구나 공감할 수 있는 주제다. 그래서 하루키 소설의 전체적인 주제는 곧 치유와 단독자이다. 이게 오늘의 결론이기도 하다. 치유를 통해서 단독자가 되는 것이 전체 소설의 주제다.

시뮬라크르 안에서 죄를 치료하고, 아버지를 죽이고

어머니를 강간하는 등의 행위를 통해 죄를 저지른 사람을 죽여버리는 것이다. 비극 중의 비극이다. 『노르웨이의 숲』의 주제는 '난 어떻게든 살아가야'이다. 『색채가 없는 다자키 쓰쿠루와 그가 순례를 떠난 해』는 네 명의 친구가 다 자기를 외면했는데 알고 보니까 여자 친구하나가 이상한 소문을 내고 다닌 거다. 쓰쿠루가 자신을 강간했다면서. 쓰쿠루는 상처가 너무 심해서 순례를 하게 된다. 단독자로서 이 세상을 살아가야 한다는 설교가배어 있다.

하루키의 모든 소설이 겨냥하는 것은 치유다. 일본 사람들에겐 잠깐의 힐링이 될지도 모르지만, 하루키가 일본인에게는 거짓된 힐링으로 느껴지지 않을 것이다. 진정한 힐링으로 감동으로 다가오겠지. 그의 소설은 일본인들의 아픔에 깊게 가 닿았다. 하루키 문학은 역사를 보는 시각이 한국인과 다르지만, 일본인과 세계인들에게는 치료가 되고 위로가 되는 것이다.

하루키 소설은 '소설 놀이공원'이다. 롯데월드에 역사성이 없다고 지적하는 것은 애시당초 코드가 다른 말인 것 같다. 다만 『해변의 카프카』처럼 반(反)역사로 가지않기만을 바랄 뿐이다. 하루키는 더도 덜도 말고 잘 짜여진 하루키 놀이공원, 환상의 '하루키 시뮬라크르'다.

그로테스크 리얼리스트, 메도루마 슌

오카나와 출신 작가들이 일본의 주류문학에 자리잡는 것은 그리 쉬운 일이 아니었다. 1960년에 태어난 메도루마 슌은 일본 문학 의 주류로 자리잡고 있다. 1960년 오키나와 나고[名護]시 인근에서 태어난 메도루마 슌[目取眞俊]은 류큐[琉球]대학 법문학부를 졸업한 후 한때 교사로 일했다. 1983년 소설 「어군기(魚群記)」로 류큐신보 단편소설상과 1986년 「평화의 길이라고 이름붙여진 거리를 걸으며(平和通りと名付けられた街を歩いて)」로 신오키나와 문학상을 받았고, 1997년 『물방울(水滴)』로 아쿠타가와상, 2000년 『마부이구미(魂込め)』 즉 『혼 불어넣기』로 가와바타 야스나리 문학상과 기야마 쇼헤이[木山捷平] 문학상 등을 받았다.

그의 소설집 『혼 불어넣기(魂込め)』(朝日新聞社, 1999. 한국어판 『브라질 할아버지의 술』, 아시아, 2008)

는 '우치난츄(오키나와인)' 들의 고단한 삶을 가장 잘 형상화하고 있는 작품집이다. 소설 『혼 불어넣기』는 1996년 아쿠타가와상을 수상한 메도루마 슌의 두 번째 작품집이다 이 소설집에 담긴 「혼 불어넣기」, 「브라질 할아버지의 술」, 「붉은 야자의 잎」, 「투계용의 닭」, 「모습과 따라」, 「내해」 이렇게 6편의 소설이 실려 있다.

그로테스크 리얼리즘

그로테스크 리얼리즘(Grotesque realism)은 바흐친의 문학용어로, 하나의 역동적인 소설기법을 말한다. 원래 '그로테스크' 라는 말은 평범한 그림에는 어울리지 않는다.

그로테스크라는 말은 이탈리아에서 처음 발견된 고대 로마 시대의 장식품을 지칭하는 '그로테스카' 라는 말에서 파생된 것이다. 그런데 어원과는 달리 그로테스크란 오늘날 기괴한 것, 우스꽝스러운 것, 섬뜩한 것 등을 지칭하고 있다.

작가가 목적의식을 가진 예술가로서 그로테스크를 이용하면, 어떤 의미에서 그 작품은 가장 현실적인 작품이 될 수 있다. 가령 풍자(諷刺) 역시 그로테스크의 한 예로 볼 수 있다. 또한 러시아 형식주의자들이 말했던 '낯설게하기' 가 극도로 과장된 예라 할 수 있겠다. 바흐친은 그로테스크한 라블레의 작품을 분석하면서, 그로테스크한 작품은 인간의 '몸' 과 밀접한 관계가 있다고 했다. 가령,

메도루마 슌[目取眞俊].

카프카의 『변신』은 인간의 몸을 괴기하게 변용시켜 무반성적으로 살아가는 우리의 인식을 깨운다. 『변신』처럼 메도루마의 첫 소설 「혼 불어넣기」는 주인공의 몸을 괴기하게 만들어 '그로테스크 리얼리즘'의 백미(白眉)를 보여준다. 철저한 리얼리스트인 메도루마는 현실을 상기(想起)시키기 위해, 주인공의 '몸'을 기괴하게 만든다.

주인공 고타로[幸太郎]는, 젖먹이 무렵 전쟁으로 부모님을 잃었다. 그때부터 불안한 탓인지, 어릴 때부터 자주 영혼을 떨어뜨렸다. 작은 일로 놀라, 무서워하고 약해져간다. 그때마다 전쟁 중에 남편을 잃은 할머니 우타[ウタ]가 빠져나간 혼을 다시 불러들이는 초혼(招魂)맞이를

해줘야 했다. 회수는 줄었지만, 쉰 살을 넘긴 고타로는
또 영혼이 빠져나가 누워 있다. 그런데 영혼이 빠져나간
고타로의 몸 속에는 소라게가 들어가 살고 있다. 영혼과
대화할 수 있는 할머니 우타는 바닷가에 앉아 있는 고타
로의 영혼에게 말을 건다. 빠져나간 영혼 대신 몸 속에
들어가 살다가 가끔 입으로 빠져나오는 소라게, 바닷가
에 앉아 있는 고타로의 영혼에게 말을 거는 장면은 독자
를 단번에 흡입(吸入)해버리는 기괴한 장면이다.

사실 영혼이 빠져나갈 만치 마을 사람들은 전쟁에 대
한 후유증을 겪고 있었다. 특히 아군으로 생각했던 일본
군을 피해가는 장면은 당시의 상황이 어떠했는지를 그대
로 증언한다.

스파이 혐의로 옆마을의 경방단(警防團) 단장과 소학교
교장이 일본군에게 찔려 죽었다는 소문은 우타네가 있던
동굴에도 전해졌다. 바닷가 이웃마을의 나세히사라는 남
자가 자기 집에 들렀다가, 연안에 있는 미군 함정에 신호
를 보내려 했다는 혐의로 일본군에게 끌려가 돌아오지 않
았다는 이야기도 들었다. 순진하게 우군(友軍)이니까 자
기들을 보호해줄 거라고 우타네도 믿지 못하게 되었다.

(일본어판 『魂込め』 32쪽)

오키나와 사람들은 이미 일본군이 자신들을 '버린 돌

[捨て石] 취급하고 있다는 것을 알고 있었다. 1945년, 오키나와는 태평양전쟁의 최후 격전지가 된다. 1945년 3월, 오키나와에 상륙한 미군 18만 명에 대항하여 일본군 7만 명이 전투를 벌였다. 미군의 일본 본토 상륙을 최대한 저지시키기 위해 일본은 오키나와에 미군을 최대한 묶어두려 했다. 6월 미군이 오키나와를 점령하기까지, 3개월의 짧은 전투에서 오키나와 주민 4분의 1인 12만 명 이상이 목숨을 잃었다. 일본의 지연작전에 총알받이가 된 이들 중에는 미군에 붙잡히기 전에 집단 자결한 민간인 수천 명이 있다. 일본 제국은 주민들에게 잡히면 여자는 능욕당하고 남자는 사지가 찢겨 죽는다' 며 '옥쇄(玉碎, 깨끗이 부서져 죽음)' 를 강요했다. 이른바 군민공사(軍民共死), 곧 동굴 속에는 칼과 끈으로 서로 죽인 처참한 시체들, 오키나와 역사의 가장 끔찍한 장면이다. 또는 스파이 혐의를 씌워 우치난츄를 죽이기도 했다. 위 인용문은 바로 이러한 사실을 배경으로 하고 있다. 인용문에서, 우군(友軍)이라는 표현에는 이미 같은 편이기는 하지만 자기 민족이 아니라는 거리감이 놓여 있다.

이때부터 한 시간 동안이나 우타는 일본군에게 들키지 않으려고 숨어 있다. 그리고 동굴 쪽에 돌아갔을 때 노인을 포함한 모든 남자들은 모두 일본군에게 끌려가버리고 없었다. 이 무렵 한 살이었던 고타로의 부모도 사라진 것이다.

여러 날 후 우타는, 바다거북이 알 낳는 모습을 지켜보는 해변에 앉아 있던 고타로의 영혼을 발견한다. 예전 전쟁 때 바다거북 알을 가져오려다 총에 맞아 죽은 고타로의 어머니를 떠올리는 것이다. 그리고 혼이 빠져나가는데, 영혼과 동행하여 죽음과 경계 없이 살아가는 오키나와 사람들의 정신세계는 평화롭기 그지없다.

죽은 영혼이 살아온 내력을 다시 고백하고 있는 다섯 번째 소설 「이승의 상처를 이끌고(面影と連れて)」역시 그로테스크 리얼리즘 혹은 환상적 리얼리즘의 정전(正典)을 보여준다. 태어날 때 보통아기와 달리 태어난 '나'는 수호신을 모시는 할머니에게서 자라면서 죽은 혼과 얘기할 수 있는 신통한 능력을 갖게 된다. '나'는 과묵한 영혼, 수다스러운 영혼 등 여러 영혼을 만나 신상 이야기를 듣는다. 할머니가 죽자 '나'는 "여자는 머리는 좀 모자라도 음부만 있으면 된다고 생각하는" 남자들이 들락거리는 스넥바에서 일한다. 그러다가 좋은 남자를 만났는데 이 남자 역시 영혼을 볼 줄 알았다. 그러나 그는 '황태자 전하의 차를 습격하려 했다.' (이 사건은 1970년대에 실제 있었던 사건이다.)는 이유로 경찰에게 수배당하는 이였다. 집 나간 남자를 기다리다가 어느날 '나'는 그 남자인 줄 알고 문을 열어줬다가 집단 강간을 당한다. 그

자리에서 나는 몸을 일으켜 신전이 있는 곳에 가니 가주마루 가지에 그 사람이 매달려 있었다. 그리고 집에 들어왔을 때, '나'는 '누워 있는 나'를 본다.

① 다다미 위에 내가 똑바로 쓰러져 있는 거야. 가늘게 눈을 뜨고 두 팔을 벌린 채 허리가 비틀려서, 젖혀진 치마 아래 아홉 구 자로 꼬인 다리 사이에서 흘러내린 피가 다다미 바닥에 굳어 있었지. 장딴지에는 커다란 멍이 생겼고 목은 포도색으로 변해 있었단다. 그 꼴을 보자 어젯밤 일이 떠올라 괴로움에 몸부림치며, 치맛자락을 내려주고 주저앉아서 눈물을 뚝뚝 흘리며 "네가 왜 이런 고통을 당해야 하니?"라고 말하자 쓰러져 있던 내 목에서 부글부글 끓는 소리가 나더니 핏덩어리가 흘러나왔어. 나는 아직 숨을 쉬고 있었던 거야.

② 내가 지내는 곳은 몹시 춥고, 어둡고, 넓고, 아무 소리도 안 나고, 자신이 어디에 있는지도 모르는 곳이야. 그 사람도 할머니도 금방 만날 줄 알았는데, 아직 어디에 있는지도 몰라. 어딘가에 있을 텐데, 아무리 다녀도 어둡고 넓고 끝이 없어서 벌써 오랫동안 찾아다녔는데도 한 사람도 만난 적이 없어. (중략) 이 가주마루나무 아래가 옛날이나 지금이나 내 마음을 편안하게 해주는 곳이어서야. (한국어판 203쪽)

①은 집단 강간당해 죽어서 유체이탈(有體離脫)된 영으로 떠도는 '나'가 죽어 쓰러진 '나'의 육체를 바라보는 장면이다. ②는 '나'가 죽어간 곳이다. 그곳이 극락인지 지옥인지 명시되어 있지 않다. ①에서 "네가 왜 이런 고통을 당해야 하니?"(何であんたはこんなに哀れしないといけんの)라는 한마디는 단지 한 여자의 절규가 아니다.

이 한마디는 소설집 전체에 확대되며, 우치난츄들의 어쩔 수 없는 숙명에 대한 절규이기도 하다. 게다가 이 소설 전체가 죽어 있는 영혼이 이야기하는 것이라는 결말을 읽고 나면 독자는 한동안 충격에 빠질 수밖에 없다. 그래서 다 읽은 다음 다시 읽게 만드는 매력에 빠진다. 한강 장편소설 『소년이 온다』도 광주에서 죽은 영혼이 화자로 등장한다.

특히 ②에서 보이는 죽은 이후의 모습은 이제까지 일본문학에서 보이는 이승의 모습과 차이가 있다. 일본 문학에서 영귀가 머무는 이승의 공간은 극히 끔찍하고 기괴한 공간이다. 8~9세기에 불교가 유입된 이후에는 지옥에 대한 이미지가 더욱 잔혹해졌다. 그러나 메도루마가 묘사하는 영혼들이 머무는 공간은 아름답지도 추하지도 않은 중립적인 공간이다. 오키나와가 경험한 현실 자체, 그 이상의 지옥은 없었기 때문일 것이다.

메도루마의 그로테스크 리얼리즘 소설에 등장하는 무

녀, 브라질 할아버지 등은 모두 비극을 잊고 즐겁게 살아가는 인물이다. 이 소설집에 등장하는 소외받는 사람들은 나름의 상황을 즐긴다. 소설에는 술과 과도한 성적 표현 등이 등장한다. 그로테스크 리얼리즘에서 즐거운 삶은 언제나 역설적으로 비극적인 사실을 탄생시킨다. 독자는 비극적 상황의 원인을 발견하고 새로운 깨달음을 얻는다. 너무도 비극적인 상황을 헤쳐 살기 위해 그들은 꿈에 술과 성욕과 무속(巫俗)에 취해 살 수밖에 없다.

너무도 비극적인 오키나와 문제를 표현하기 위해 작가에게 사실(寫實)적 리얼리즘은 너무도 평범했었나보다. 괴기한 것, 극도로 부자연한 것, 흉측하고 우스꽝스러운 것 등을 형용하는 그로테스크의 기법을 통해, 메도루마는 우리가 망각(忘覺)했던 현실을 다시 깨닫게 한다. 그의 소설에는 '몸에서 떠나간 영혼'(『혼 불어넣기』), '아직도 지상에서 떠나지 않는 나비떼'(「브라질 할아버지의 술」), '환상적인 기지촌 분위기와 몽롱한 성적 몽상'(「붉은 야자수 잎사귀」) 등 메도루마의 소설에는 잠재된 몽상과 현실이 범벅되어 있다. 작가는 현실의 아픔을 환상에서 현실로, 현실에서 환상으로 왕래하면서 풍성한 상상력을 보여준다. 또한 교묘하게 섞여 있는 오키나와 사투리는 이국적이고 환상적인 맛을 더하게 한다.

메도루마 소설의 등장인물들은 직접적으로 양심의 길을 가르치지는 않는다. 단지 그의 소설은 묵새기며 살아온 자들의 망각을 깨운다. 단순한 마술(magic)이 아닌 충격적인 그로테스크로 깨운다. 틀에 박힌 훈시(訓示)에 거부감을 갖는 독자의 고정관념을 작가는 충격적인 기담(奇談)으로 깨부순다. 이 방법은 오키나와의 무속(巫俗)과 환상적인 풍물을 담을 수 있는 탁발한 창안이 아닐 수 없다. 이로써 메도루마의 소설을 읽는 과정은, 고정관념을 산산히 내파(內破)시키는 과정이며, 그 기억의 조각을 다시 맞추는 과정이다.

등장인물이 죽어갈 때 독자들은 거꾸로 오키나와의 비극적 상황에 눈뜨며 충격받는다. 등장인물들이 자학에 가까울 정도로 더욱 비극적일 때 독자들이 깨닫는 정의감의 융기(隆起)는 높아진다. 이렇게 그의 그로테스크는 자각과 실천을 자극시킨다.

『만엽집』과 『세상의 중심에서 사랑을 외치다』

만엽집과 일본 현대 문학

『세상의 중심에서 사랑을 외치다』를 쓴 카타야마 쿄이치[片山恭一, 1959~] 선생은 큐슈대학 농학부에 들어갈 때만 해도 소설가가 될지 몰랐다고 한다. 졸업하고 입시학원 선생으로 일하다가 스물일곱 살에 등단하고 소설집 두 권을 냈다. 그렇지만 두 권의 책은 처참하게 외면당하여, 그냥 입시학원 선생으로 살자 하다가 몇 년 후 『세상의 중심에서 사랑을 외치다』를 냈는데 그야말로 대박이 터진 것이다. 그때 나는 도쿄에 살고 있었는데 '세카츄'(일본에서는 이 소설을 '세카츄'라고 줄여 말한다.)의 열풍은 대단했다.

『세상의 중심에서 사랑을 외치다』는 국내에서도 출판되어 베스트셀러가 되었고, 교보문고에서 작가강연회가 열렸을 때 나는 진행을 맡았다. 카타야마 씨는 괴테를 인용하면서 강연을 시작했다.

"괴테에게는 미안하지만 사랑으로 시작하여 자살로 끝맺는 『젊은 베르테르의 슬픔』이나 백혈병에 걸린 소녀와의 비극적 사랑을 그린 『세상의 중심에서 사랑을 외치다』나 결국에는 같은 구조입니다. 저는 제 소설을 일본에서 가장 오래된 단가 모음집으로 8세기 후반부터 전해진 『만엽집(萬葉集)』에 나타나는 사랑의 원류와 비교해서 말하고 싶습니다. 『만엽집』에는 죽은 사람을 애도하고 추억하는 노래인 '만가', 궁중시인과 농민의 다양한 이야기 등 시대적으로도 다양한 노래들이 수록돼 있습니다.

그런데 재미있는 점은 이 『만엽집』에 수록된 만가(輓歌)는 '사랑'을 읊은 현대시와 일치한다는 점입니다. 예를 들어 만가에서 자주 나오는 "나의 마음은 멈출 수 없다"라는 구절을 별 생각없이 들으면, 현대인들의 사랑노래로 들립니다. 뿐만 아니라 "바닷가에서 물새들이 울고 있다"라는 관용구는, 고대인들이 '물새'를 죽은 이를 불러오는 사자로 여겼다는 점만 의식하지 않는다면, 누가 듣더라도 이건 그야말로 절절한 사랑시의 한 구절입니다. 『만엽집』에 자주 쓰이는 '기다린다'는 '죽은 자의 영혼이 되살아나 나에게 다가오는 것, 혹은 죽은 자의 혼을 맞이하러 가는 것'이라는 죽은 자와의 교감을 나타내는 의미지만, 역시 연애감정에 대입 가능합니다.

죽은 사람에 대한 감정이 산 사람으로 대체 가능하며,

이 과정에서 죽은 이를 추억하고 사모하는 '만가'는 '연가(戀歌)'의 원형으로 일본문학에 뿌리 내린 것입니다. 이만치 일본 문학에서 사랑이라 하면 죽음을 밑에 깔고 있는 경우가 많습니다. 의식적이든 무의식적이든 '언젠가는 죽는다'는 것을 항상 염두에 두고 있는 인간에게 친한 이의 죽음만큼 괴로운 것도 없습니다."

강연이 끝나고 대담을 시작하면서 나는 『세상의 중심에서 사랑을 외치다』에 대해 이렇게 평했다.

"작가들은 뻔한 이야기를 피해 특이한 소재를 찾는데, 오히려 카타야마 씨는 청소년이 사랑하는 뻔한 이야기를 정면으로 부닥칩니다. 이 소설에 나오는 남녀 사랑이야기는 「공무도하가」, 「배따라기」, 『젊은 베르테르의 슬픔』, 황순원의 「소나기」, 에릭 시걸의 『러브 스토리』 등 너무도 흔한 스토리입니다. 『세상의 중심에서 사랑을 외치다』의 표면적인 사랑은 문창과 4학년 정도라면 상상할 수 있고 쓸 수 있는 청소년 남녀의 사랑입니다."

여기까지만 말해도 실례일 텐데, 더 이어 말했다.

"이 소설에서 정말 중요한 부분은 이면적인 스토리입니다. 뻔한 이야기를 '영원한 사랑'으로 만든 것은 이 소설의 내면을 깔고 있는 이면적인 스토리 라인입니다. 그것은 자기가 사랑하던 할머니가 죽자 그 할머니의 유골함에서 뼛가루를 훔치는 노인의 사랑이고, 그것은 곧 『만엽집』에 나오는 추모시의 원형을 생각하게 합니다. 다시 말해 『세상의 중심에서 사랑을 외치다』라는 소설은 이중구조로 되어 있는데, 표면적 구조인 청소년의 사랑은 뻔하지만, 그것을 영원하게 만드는 것은 이면적 구조에 나타나는 죽은 연인 할머니의 뼛가루를 훔치는 노인의 사랑 이야기라는 것입니다. 이러한 이중구조, 『만엽집』에서 나오는 죽음을 초월하는 사랑을 회감(回感)시킨다는 것이, 이 소설을 '일본식 명작'의 반열에 오르게 했습니다. 카타야마 씨가 이 작품의 성과를 넘어서는 것, 자기가 만든 산맥을 넘는 것이 지금부터의 과제일 텐데, 현재 쉰 살 초반기이니 30년 이상 새로운 작품으로 뵙고 싶습니다."

자칫 잘못 들으면 실례인 표현이 많았을 텐데, 카타야마 씨는 자기 소설을 새롭게 분석해줘서 고맙다며 내 평가를 극찬했다.

과연 『만엽집』이라는 책은 어떤 책이기에 현대 일본문학에까지 영향을 미쳤을까.

이 책은 『고사기(古事記)』, 『일본서기(日本書紀)』 등과 비슷한 8세기 말에 편찬되었다. 이 세 종류의 책은 모두 고대 일본이 대내외적으로 고대국가를 확립한 후 왕권의 정통성을 확보할 필요성을 느끼고 벌인 국가적 수사(修史) 작업의 일환이었다. 문화적인 면에서 왕실을 중심으로 각 계각층의 의식을 하나로 묶어낼 수 있는 정신적 지주가 필요함에 따라 운문 분야에서 『만엽집』이 편찬되었다.

구정호, 『만엽집』, 살림, 2005.

전체 20권이지만, 몇 권씩 편집되어 있던 것을 모아 하나의 가집으로 만들었다고 생각되고 있다. 노래의 수는 4,500여 수로 이루어지지만, 다른 판본의 사본에 의거해 세는 방법도 있는 등, 노래 수에 관해서도 갖가지 설이 있다.

카타야마 씨와 얘기했던 시는 관을 끌 때의 노래, 망자를 애도하고 추모하는 만가(挽歌)를 말한다. 가령 『일본서기(日本書紀)』의 효덕기에 나오는, 만가의 기원이라고 하는 노래를 읽어보자.

산과 들녘에 원앙 한 쌍 짝지어 다정하듯이

이 시는 나카노 오에 왕자가 부인이 죽었다는 소식을 접하고 대단히 상심할 때, 노나카노라는 사신이 이 시를 지어 바쳤다고 한다. 이 시를 읽고 왕자는 오열하며 슬퍼하면서도 이 노래를 칭찬했다고 한다.

또한 일본 문학의 침체기마다 주목을 받으며 분위기를 전환시킨 것도 『만엽집』이었고, 태평양전쟁 때 그 살벌한 전장에서 일본의 젊은 병사들이 품속에 품고 암송했던 책도 『만엽집』이었다고 한다. 그만큼 『만엽집』은 일본인이 회귀해야 할 미(美)의 원점이기도 했다.

물론 『만엽집』에 실린 시들 중에 천황에 대한 충성을 내세우는 시들이 많다. 이른바 이 책은 일본이라는 국가가 '만들어낸 고전'이라는 혐의에서 벗어나기 힘들다.

만엽집은 민족의 노래입니다. 일본 민족 전체가 솔직한 자세로 다같이 인간으로서의 공통된 감정을 있는 그대로 노래하고 있습니다. 위로는 천황으로부터 아래는 물질하는 해녀와 걸인까지가 모두 그렇습니다. 천황이 나물 캐는 소녀에게 연가를 지어 보냈고, 또 신분이 낮은 소녀가 높은 사람에게 진솔한 연가를 보내고 있습니다. 이와 같이 모든 계층의 사람이 이 시대의 현실문제에 직면해 모두 진지한 마음으로 노래하고 있다는 것이 가장 큰 특징입니다.

하루오 시라네 스즈키 토미 엮음, 『창조된 고전』,
소명출판, 2002. 88쪽.

『만엽집』의 사랑은 천황제와 견결히 내통하고 있다.
이 책에서 말하는 민족혼이란 천황제와 혼합되어 관념화
된 '천황나라의 국민성'인 것이다. 거꾸로 말하면, 아름
다운 사랑 노래 이면에도 천황제가 깔려 있는 것이다. 그
래서 천황제를 싫어하는 일본인들에게 『만엽집』은 껄끄
러운 고전이 될 수 있다.

'죽음과 내통하는 사랑'에 대한 원형적 심리 상태는
일본 현대문학까지 이어졌고, 거기에 공감하는 현대인으
로 이 원형을 되살려낸 작품이 『세상의 중심에서 사랑을
외치다』인 것이다.

만엽집의 연시 (구정호, 『만엽집』에서 인용)

봄날 들녘에 春の野に
봄 안개 드리워져 霞たなびき
왠지 서글퍼 うら悲し
이 저녁 어스름에 この夕かげに
꾀꼬리 울고 있네 鶯なくも
— 오토모노 야카모치 (19권 4290번)

그루터기마다 꽃은 피어나지만 어째서일까,
사랑스런 그대는 다시 피어나지 않네
— 노나카노 가와라노 후비토미쓰

사랑하는 이 그리워하기보다 가을 싸리가 피었다가 지
듯이
나 그리 되고 싶어
— 2권 120

먼 바다 파도 밀려오는 해변에 거친 바위를
화려한 베개인 양 베고 누운 당신이여
— 2권 222

당신이 바로 패랭이면 좋겠네
나 아침마다 그 꽃 손에 들고서 항상 그리워하리
— 3권 408

집에 있으면 임의 팔 베개 삼아 누웠을 텐데
풀베개 베고 누운 이 나그네 가여워라
— 3권 415

아내와 함께 둘이서 가꾸었던 우리 뜨락은

나무도 무성하게 자라나버렸구나

— 3권 452

가스가 산에 아침마다 구름 끼듯이

언제나 보고 싶어 생각나는 그대여

— 3권 584

뱃사공이여 빨리 배를 젓게나

한 해 동안에 두 번 오갈 수 있는 내 님 아니기에

— 10권 2077

당신 그리다 죽은 후에 그 무슨 소용 있을고

내 살아 있는 동안 만나보고 싶어라

— 11권 2592

내 님이 나를 아주 그리나보다

마시는 물에 임 얼굴 떠올라서 잊을 수가 없구나

— 20권 4322

3부. 사무라이[侍]

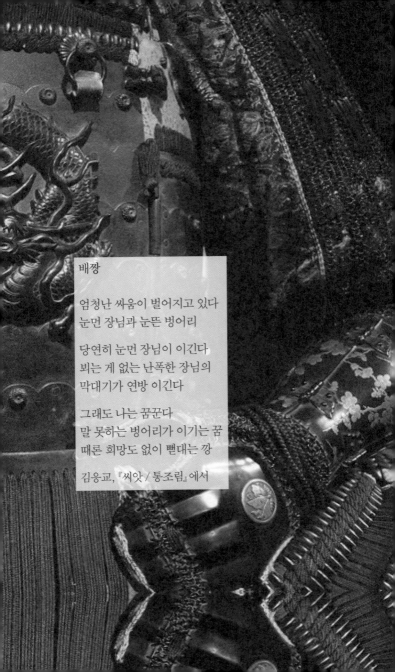

배짱

엄청난 싸움이 벌어지고 있다
눈먼 장님과 눈뜬 벙어리

당연히 눈먼 장님이 이긴다
뵈는 게 없는 난폭한 장님의
막대기가 연방 이긴다

그래도 나는 꿈꾼다
말 못하는 벙어리가 이기는 꿈
때론 희망도 없이 뻗대는 깡

김웅교, 『씨앗 / 통조림』에서

사쿠라에 대한 명상

죽음에 대한 메모

죽음이 가깝게 느껴진다. 일주일에 몇 번씩 땅이 흔들리고 책상이 흔들리는 경험을 한다. 자다가 잠자리가 통째로 흔들리면서 전등과 가구가 흔들릴 때, 꼼짝도 못하고 슬로우비디오처럼 천천히 이 건물과 함께 천천히 묻히겠구나, 마음속으로 짧은 기도를 드릴 뿐이다.

"제가 여기서 필요하면 내일 아침에 세상에서 눈 뜨게 하시고, 하늘에서 심심하시면 하늘나라에서 눈 뜨게 해주세요."

가끔 집 밖을 나가다가 언제 죽을지 모른다는 생각에 찬찬히 연구실을 둘러보는 습관도 생겼다. 죽음을 가까이 느껴보는 것, 지진이라는 자연적 재해가 사람을 이렇게 만드는가보다. 일본이란 땅은 이만치 죽음과 친해질 만한 자연적 배경이 있다. 풍토에 의해 사상과 문화가 결

정되어진다는 자연주의적 문화론의 관점은 적어도 일본
에서는 정확히 맞는다.

눈부신 죽음의 꽃, 사쿠라

일본의 봄 색깔은 눈부시다. 내가 일하는 학교에서 가
까운 곳에 에도가와라는 유명한 벚꽃(사쿠라, さくら) 거
리가 있다. 만개한 사쿠라는 이성을 잃게 만든다. 사쿠라
가 만개했던 그날, 일본인 교수와 벚꽃 구경을 하다가 순
간, 멍해지는 느낌이 들었다. 환상에 빠진 듯 시선이 허
공을 헤매자, 기다렸다는 듯이 일본인 교수가 물었다.
"일본인이 사쿠라를 보면 무엇을 생각하는지 아십니까."
나는 '꿈'이라고 답했다. 그러자 그 일본인 교수는 지극
히 한국적인 발상이라며, 답은 '죽음'이라고 가르쳐주었
다. 그리고 사쿠라와 죽음에 관계된 일본 시들을 외워주
었다.

> 사쿠라가 만발할 때 술 한 잔 들고
> 사쿠라가 질 때 함께 죽노라
> ─하이쿠의 한 구절

> 많은 가지에 가득 찬 사쿠라와 군복 깃의 색깔
> 사쿠라는 요시노 산에 피고 있는데 바람이 세차게 분다.
> 일본 남아로 태어났으면

싸우는 전쟁터에서 사쿠라처럼 져라
—일본 구 육군 보병가

일본의 봄 색깔은 눈부시다. 4월 1일부터 시작되는 신학기와 새 회계연도의 풍경도 하얗다. 신입생들 교복의 하얀 칼라, 신입 사원들의 희디흰 와이셔츠, 은은한 핑크빛 바탕에 세상을 하얗게 물들이는 눈부신 사쿠라의 잔치. 일본인들에게는 사쿠라에 대한 인상이 가장 깊다. 그래서 내가 수업 중에 일본의 나라 꽃이 무엇이냐고 학생들에게 물으면 외국인 선생이 너무 쉬운 것을 물어본다는 식으로 생각없이 '사쿠라'라고 답한다. 그러다가, "그건 일본인들이 좋아하는 꽃일 뿐이고, 나라 꽃은 왕실 문양인 국화꽃이죠."라고 하면 그제야 눈을 크게 뜨고 고개를 끄덕인다.

사쿠라의 피고 짐에서 일본인이 전통적 미덕으로 여겨온 사무라이의 기질을 읽을 수 있다. 진퇴(進退)가 분명하고 목숨을 던질 때는 '앗사리[あっさり, 깨끗이]' 던져야 한다는 사무라이의 룰이다.

명예에 죽고 사는 사무라이 문화

일본인에게 죽음은 멀리 있지 않다. 늘 가까이 있다. 죽음의 문화를 확고히 다져놓은 것은 사무라이 문화이다. 사무라이의 죽음은 영웅의 죽음이다. 일본 무사도의 경전으로 알려져 있는 『하카게[葉隱 : 나뭇잎 그늘]』에는, 무사의 아들이 떡을 훔쳐 먹었다고 의심받는 이야기가 있다. 무사와 떡장수는 먹었다, 안 먹었다 하며 서로 입씨름을 한다. 무사의 아들이 그럴 리가 없다며, 무사는 아들의 배를 갈라 떡장수에게 보여 결백함을 밝히고, 떡장수를 죽인 다음, 자기도 할복한다. 『하카게』의 저자는 이것을 무사다운 행위라고 극찬한다.

사무라이는 '배를 주릴 망정 명예에 죽고 사는 것'을 좌우명으로 삼았다. 그래서 만들어진 무사도, 그중에서도 목숨을 초개처럼 여기는 무사도의 극치를 일러 하가쿠레[葉隱れ] 정신, 곧 '나뭇잎 그늘에 숨는 정신'이라며 극적으로 미화했다.

비교컨대, 조선의 선비들이 영달의 길을 버리고 사는 길을 택하는 것은, 마지막까지 오기로 살아 세상을 보는 행동이다. 이에 비해 사무라이들은 즉시 죽음을 택했다. 물론 사무라이의 할복은 나름대로 속셈이 있다. 한 사람의 깨끗한 자결로서 뒤에 남은 식구의 안정이 꾀해지고 가문이 빛나고 때로는 자손이 후한 대우를 받게 되는 것은 전국시대부터 흔히 있는 일이었다.

사무라이의 문화, 곧 칼의 문화는 오늘날까지도 변용되어 곳곳에 스며 있다. '잇쇼켄메이[一生懸命]'라는 말은 한국말로 의역하면 '열심히'라는 뜻이다. 그런데 직역하면 '목숨을 건다'는 뜻이다. 목숨을 걸 만큼 진지하게 일한다는 뜻이다. 어원을 따지면, 잇쇼켄메이의 원래 한자는 '一莊懸命'이었다고 한다. 이때의 '쇼[莊]'는 사무라이[武士]의 영주가 거처하던 장원(莊園)을 가리킨다. 그러므로 자신의 영지를 지키려 목숨을 걸거나, 혹은 사무라이가 그 영지의 '오야붕[親父]'을 위해 생명을 바치던 언행일치의 잇쇼켄메이였던 것이다. 그것이 어물쩍 '一所懸命'으로 바뀌었다. 여기서 '쇼[所]'는 현대적 의미를 갖고 있다. 자기가 처한 장소를 말한다. 자기가 처해 있는 장소가 회사든 학교든 가정이든 공장이든, 목숨을 걸고 일한다는 의미를 갖고 있다는 말이다. 이렇게 일본인들의 근면에는 '목숨을 건' 죽음의 역사가 배경에 놓여 있다.

20세기 이래 자살의 극치는 태평양전쟁 당시의 가미카제[神風] 특공대에게서 발견된다. 목표지점까지의 연료뿐인 비행기를 몰고 적함에 돌진, 깨끗이 산화해버린 태평양전쟁 당시의 가미카제 특공대. 물론 한국의 고대사에도 집단자살을 택한 경우가 있다. 백제 낙화암의 집단투신, 고려시대 삼별초군의 최후 등. 그러나 어디까지나 호랑이 담배 먹던 시절 이야기지, 제2차 세계대전 중에 일본이 곳곳에서 패하면서 보여준 '전원옥쇄(全員玉碎)' 같은 것은 근세 한국사에는 전혀 나타나지 않는다.

1869년에 세워진 야스쿠니 신사[靖國神社]가 그 정점을 차지한다. 일본을 위해 싸우다 죽은 군인들부터 2차

대전 때 죽은 250여 만 명의 혼백이 신으로 모셔져 있는
야스쿠니 신사. 일본은 이런 정신으로 야요이 시대 이래
지금까지, 아이누족을 홋카이도까지 밀어올리고 드디어
는 만몽(滿洲·蒙古) 개척을 거쳐, 세계의 경제 국경을
넘었던 것이다.

사요나라, '그렇다면'의 철학

일본인들이 죽음을 받아들이는 의식은 한국인이 보기
엔 지극히 부자연스럽다. 나 역시 장례식에 참여했을 때,
돌아가신 분의 자제분들이 울지는 않고 차가운 무표정으
로 손님들에게 인사하는 것을 보고 너무 놀란 적이 있다.
아마도 무가(武家)의 금욕적인 윤리관이 일반 서민에게
까지 영향을 끼쳤기 때문일 것이다. 배를 갈라도 울지 않
아야 하는 사회에서, 너무 당연한 죽음의 이별에 울어버
리는 것은 도저히 용서할 수 없는 일일지도 모른다. 무표
정한 일본의 전통 탈 노오멘[能面]의 세계가 그대로 드러
나는 삶의 단면이다.

한편 이것은 장례식에 참석한 한국인들이 와자지껄 시
끄럽게 떠드는 것과는 너무 대조적이다. 한국인들이 화
회탈마냥 키키덕거리며 화투로 밤을 새는 것은 일본인들
에게는 천박하게 느껴질 뿐이다. 반대로 한국인들은 일
본인들의 너무도 조용한 밤 새우기는 참을 수 없이 짜증
스러운 형식주의로 보인다.

헤어짐에 대한 생각이 다르기 때문이다. 일본어로 헤어질 때의 인사말이 '사요나라[左樣なら]'이다. 이것은 글자 그대로 '사요' 즉 '그렇다면'이다. '현실이 그렇다면 그대로 이 사실을 솔직히 받아들여 헤어집시다'라는 뜻이다.

관을 앞에 두고 미친 듯이 몸을 틀며 통곡하는 한국인의 '한'과는 너무도 다르다. 차가운 침묵을 가지고 현실을 그대로 받아들이는 일본인의 심리에는 '그렇다면'의 철학, 곧 체념의 철학이 깔려 있다.

서양에서 죽음은 다시 살아나는 부활의 이미지를 갖고 있다. 한국인의 경우는 최소한 원래의 장소로 돌아간다는 의미가 있다. 그래서 '돌아가셨다'고 한다. 일본인은 사망을 '나쿠나루모노[失亡, 없어지는 것]'라고 한다. 그야말로 끝나는 것이다. 시신에 대한 기대는 어떤 것도 없기에 불로 태워서 뿌린다. 그것으로 끝이다.

일본 문화의 한 원점, 죽음

천재 작가 아쿠타가와 류노스케[芥川龍之介, 1892~1927]는 "적어도 내 경우에는 (자살의 동기가) 다만 어렴풋한 불안이다."라는 말을 남기고 1927년 7월 24일 서른다섯의 나이로 자살했다. 1970년에는 미시마 유키오가 "일본이여 깨어라."라는 말을 남기고 자위대 주둔지에서 할복 자살했다. "국경의 긴 터널을 빠져나가자 눈의 나라였다. 밤의 밑바닥이 하얗게 바뀌었다."라는 구절로 시작되는 장편소설 『설국』으로 노벨문학상을 받은 가와바타 야스나리[川端康成, 1899~1972]는 가스를 틀어 자살했다. 죽은 작가들 이름을 나열하면 끝이 없다.

죽음의 종류도 여러 가지다. 옛날 무사들이 죽는 것을 셋부쿠[切腹]라고 한다. 사랑하는 남녀가 함께 자살하거나 두 사람 이상이 함께 자살하는 것을 신쥬[心中]라고 한다. 한국식으로 말하면 정사(情死)라 한다. 집단 가해라고 하는 이지메[いじめ]를 당해서 죽는 죽음도 많다.

왜 자살이 흔할까.

사무라이 문화는 일본인의 죽음에 대한 관념에 결정적인 역할을 했다. 아울러 종교적인 요인, 즉 일신교(一神教)가 아닌 신도(神道)에서는 생명을 신성시하는 관념이 타종교에 비해 희박하다고 지적하는 전문가도 있다.

여기까지 읽고 대강 눈치챘을 것이다. 나는 일본 문화의 한 원점을 이야기하려고 여기까지 말을 끌었다. 한국인이 일본 영화, 만화, 컴퓨터 게임, 문학작품 등을 보고 '나쁘다'고 하는 이유 가운데 하나는 성 문제, 폭력 등도 있지만, 너무도 쉽게 나오는 자살 장면 때문이기도 하다. 일본 문화물의 클라이맥스에는 '아름다운 죽음'이 최대로 미화된다. 그리고 '억울한 죽음'에 대한 이야기는 퇴마, 귀신, 혼령 시리즈로 상품화된다.

1998년 비주얼 락 밴드의 선두주자인 엑스(X)재팬의 히데(Hide)가 죽었을 때도 자살이라는 설이 있었다. 언더그라운드 락의 세계를 펼쳐 보여 일본의 청소년들에게 새로운 환상을 보여주었던 히데가 죽었을 때 장의식이 열리던 거리에 5만 명이 모여 거리가 일대 마비되는 현상이 나타났다. 텔레비전은 도쿄 거리가 막혔으니 되도록 거리로 나오지 말라고 방송했다. 이런 죽음이 있을 때마다 거리는 검은 옷으로 가득 차고 텔레비전은 장의식 장면 방송으로 종일 무덤의 도시가 된다.

1998년 재일교포의 기대주였던 국회위원 아리아 쇼케이 씨가 정치가의 뒷돈 문제로 조사를 받는 중에 자살했을 때는 정말 마음이 아팠다. 그는 문제가 더욱 커지지 않기를 바란다며 자살을 택했다. 문제는 그 자살이 해결의 한 방법으로 생각될지도 모르지만, 그로 인해 조사는 멈추어버렸고 그보다 더 큰 문제점들은 영원히 수수께끼로 남아버린 것이다. 이렇게 일본이란 나라는 이런 죽음으로 더 큰 거짓말을 계속 보존한다.

아름답게 미화된 죽음. 큰 것을 위해서는 죽어도 된다는 생각이 문화물 곳곳에 스며 있다. 이런 생각 때문에 일본이란 나라의 큰 거짓말은 미화된 죽음으로 감추어져 유지되어오고 있다는 것을 몇몇 일본 지성인이 솔직히 인정하기도 한다.

현재 일본은 평화롭다. 경제대국이다. 그러나 죽음을 찬미하는 일본의 원형은 평화스럽게 경제대국답게 변형

해갈 것이지, 사라진 것은 아니다. 오직 미묘한 변화가 있을 뿐. 이들 역시 뭔가 변해야 한다는 막다른 골목에 처해 있다. 그 막다른 골목에서 너무도 당연한 말을 주장하고 있는 작품이 일본 애니메이션 최대의 걸작물인 '원령공주[ももの け姫]다. 이 작품의 주장은 단순하다.

"살아야 한다. 어떻게 해서라도 살아야 한다."

너무도 착한 일본인 학생들을 가르치면서 그들 얼굴에서 자살의 미학이 사라지기를 기도해본다. 사쿠라. 저 아름다운 사쿠라가 단순한 서정적인 아름다움이기를.

1998. 8.

수치의 문화

'스미마생[濟みません]'이란 말을 이들은 참 많이 쓴다. 오늘 하루만 해도 '스미마생'이란 말을 몇 번 듣고 나역시 몇 번 말했는지 셀 수 없을 정도다. '스미마스[濟みます]' 곧 해결되었습니다, 돈을 다 갚았습니다, 별 문제 없습니다, 라는 상업적인 의미가 오늘날에 '스미마생'으로 변했다는 연구도 있다. 어원이야 어떻든 오늘날 너무도 많은 뜻으로 쓰이고 있다. 현재 '스미마생'이라 하면, '미안합니다'라는 뜻뿐만 아니라, '여보세요' '감사합니다' 등 너무도 다양한 상황에서 쓰인다. 미안해하고 부끄러워하는 마음을 다양하게 바꾸어 쓰고 있다고 할 수도 있겠다.

미안해하거나 부끄러워하는 마음은 일본인들에게 아에 육체화되어 있다. 서구의 문화인류학자들은 이런 부끄러움의 미학을 일본인만의 특성으로 보곤 한다. 사실 일본인의 특수성이란 동양적인 특수성과 별다를 바 없을 때가 많다. '부끄러움[羞恥]' 이란 서양보다 동양에 널리 퍼져 있는 일반적인 특성이며, 유교권의 국가에서는 하나의 덕목이었다.

맹자는 "자신의 잘못을 부끄럽게 여기고 남의 악함을 미워하는 마음" 이라고 하였다. 우리나라에서의 윤리예절에서도 공자와 맹자의 유가사상을 그대로 받아들여왔다. 효(孝) 제(悌) 충(忠) 신(信) 예(禮) 의(義) 염(廉) 치(恥) 인(仁)의 미덕은 한국인의 윤리를 대표하는 덕목인데, 이 중에 '부끄러움을 아는 마음(恥)' 은 중요한 덕목이었다. 이른바 '예의염치(禮義廉恥)' 라 하여, 예절과 의리, 그리고 청렴과 수치를 중요시했고, 그중에 수치심은 도덕의 원천이었다. 부끄러움을 아는 데서 용기가 나오고 의로운 행동이 나온다는 것은 중국이나 일본이나 한국에서도 마찬가지로 나타나는 것이다.

부끄러움보다는 죽음을 택한다

일본인의 부끄러움을 만들어내는 핵심은 무엇일까.

전통적인 일본 문화론에 따르면 일본인의 인간관계에서 가장 중요한 특성을 집단주의로 삼는다. 가령, 서양의 죄의 문화에 대별되는 일본인의 '부끄러움의 문화' (Ruth Benedict, The Chrysanthemum and the Sword ; Patterns of Japanese Culture, Houghton Mifflin Company, 1946.

루스 베네딕트, 『국화와 칼』), 계급적인 사회를 뜻하는 '종적 사회'(中根千枝, 『タテ社會の人間關係』, 講談社, 1967.), 응석부림을 뜻하는 '아마에[甘え] 문화'(土居健郞, 『甘えの構造』, 弘文堂, 1971.), 철저한 동료의식이 형성되어야 함께 일하는 '나카마[中間] 의식', 일본의 특수한 집단주의를 강조해서 말하는 '집단아(集團我)'(南博, 『日本的自我』, 岩派書店, 1983.)라는 개념 등이 사실은 모두 집단주의와 연결되어 있다. 그런데 일본적 집단주의를 만드는 데 핵심적인 역할을 한 것은 바로 '무사도(武士道)'다.

일본인들에게 수치와 함께 명예를 중요시하는 극도로 섬세한 법도가 있다. 니토베 이나조[新渡戶稻造]는 그의 명저 『무사도』(Inazo Nitobe, Bushido, The soul of Japan, The Leeds & Biddle Co, 1899.) 8장 '명예와 무사도'에서 이렇게 쓰고 있다.

수치를 당하지 않기 위해, 또 큰 이름을 얻기 위해 무사의 자식들은 어떠한 궁핍에도 참고 견디며 육체적, 정신적 고통을 감수한다. 청소년기에 노력하여 얻은 명예는 나이를 먹음과 함께 차츰 성장해가는 것을 그들은 안다.

무사가 명예스럽게 사는 길은 "수치를 당하지 않는 것"이다. 명예란 곧 수치스럽지 않은 것이었다. 불명예

니토베 이나조(新渡戶稻造)의 명저 『무사도』.

란 수치스러운 것이다. 여기에는 죄의 개념이 없다. 당연히 전통적으로 일본의 젊은이들은 인생의 목적을 부(富)나 박학한 지식보다 명예에 두었다. 수치스러운 일을 당하면 차라리 스스로 배를 가르는 '하라키리[腹切り]'를 택했다. 그래서 무사도의 고전인 『하가쿠레[葉隱れ]』에 "무사도란 죽을 각오를 아는 것이다."라고 했듯이 무사들은 부끄러움으로 명예스럽지 못한 일을 느꼈을 때, 따라서 수치심을 해결하기 위해 때로 무사들은 자기의 배를 칼로 갈랐다. 부끄러움을 아는 마음은 무사들을 용감하게 만들었고, 명예를 위해 죽음을 불사하는 행동을 만들었다. 그것이 일본인들에게 일반화되면서 태평양전쟁 때 군국주의와 만났을 때는 살아 있는 부끄러움보다 죽

음을 택하는 그들 말로 '옥쇄(玉碎)'라는 '명예로운 길'
을 택했다. 이런 죽음은 제2차 세계대전 때뿐만이 아니
라, 오늘날에도 수치스럽다고 생각하여 자살한 국회의원
사건을 보면 알 수 있다.

죄의식과 부끄러움

문화인류학자 루스 베네딕트는 『국화와 칼』 2장에서
서양의 문화는 죄의 문화, 일본의 문화는 수치의 문화로
나누었다. 일본인들이 수치심을 얼마나 심각하게 생각하
는지 그녀는 2차대전 때의 일본인 포로들을 관찰하면서
이렇게 쓰고 있다.

"일본에 돌아가면 얼굴을 들고 다닐 수 없다"라며 포
로들은 명예를 잃었다고 한다. 그는 이미 '죽은 자'가 되
는 것이다. (중략) 많은 미국인이 포로 수용소에서 웃는
것은 얼마나 위험한가를 증언하고 있다. 일본인에게 포
로란 치욕적인 존재인데, 그것을 느끼게 할 때 그들은 참
기 어려운 것이다.

루스 베네딕트는 일본인들이 얼마나 수치와 명예를 중
요시하고 있는가를 증언하고 있다. 수치 때문에 목숨까
지 거는 것이 풍속화된 것은 분명 한국이나 중국의 수치
심에 대한 태도와는 전혀 다르다. 물론 오늘날에는 그러

한 모습을 거의 보기 힘들지만 말이다.

그러나 일상 생활 속에서 이들이 수치를 얼마나 중요하게 생각하는지, 가끔 경험하곤 한다. 가령 일본인들은 성경에 나오는 죄라는 개념을 쉽게 받아들이기 어렵다. 죄인(罪人)이라는 일본어 발음에는 두 가지가 있다. '자이닌(ざいにん, Criminal)이라고 읽으면 그야말로 법률을 위반한 범죄인을 말한다. 성경에서 말하는 죄인 곧 '목표에서 벗어난 인간'이란 의미는 '쯔미비토(つみびと, Sinner)'라고 발음하는데, 바로 이 단어를 이해하기가 쉽지 않다는 것이다.

죄라는 의미를 인식하기 힘들기에, 기독교 윤리를 이해하기 힘들다. 거꾸로 성경의 죄라는 개념을 수치라는 단어로 설명할 때 일본인이 쉽게 이해하는 경우를 경험하곤 했다.

수치심을 잃어버렸을 때

"여행 중에는 부끄러움을 개의치 마라."는 말이 있다. 물론 일본인만이 일탈(逸脫)이 주는 자유로움을 경험하는 것은 아니다. 우리는 여기서 일본의 특수한 집단주의를 주목해야 한다. 집단에서 벗어나면 수치의 강도가 약해지거나 없어지는 현상이 생기는 것이다. 물론 이런 견해는 모든 일본인이 동일한 것이 아니고, 개인에 따라 큰 차이를 갖지만 말이다.

일단 자기가 속한 집단을 일본어로 '우치(うち, 우리)' 라고 한다. 밖에 있는 것을 '소토(そと, 남)' 라고 한다. 일본인들의 '우리' 에 대한 집단의식은 경의스러울 정도로 상당히 예의스럽다. 가령 지하철 안에서 핸드폰을 쓰는 것은 남 이전에 스스로 부끄럽기 때문에 절대 쓰지 않는다. 한국에서 사람들이 지하철 안에서 핸드폰을 들고 크게 떠드는 것을 보면 '무섭다' 고 표현한다. 또한 외국인이라도 귀화해서 '우리' 가 되면 감동스러울 정도로 친절하게 대해준다. 대만 출신 야구선수 왕정치가 그렇게 대우를 받았다. 반대로 끝끝내 귀화하지 않았던 한국의 야구선수 장훈은 푸대접을 받았다.

일본인들은 '남' 앞에 서면, 더욱 '우리' 를 생각하는 힘이 강해지는 경우를 본다. 가령, 유럽 여행에서 일본인들의 태도가 점잖아지는 것은 '우리' 로 끌어들여야 할 요소가 많으면, 그 문화를 동일화하여 부끄럽지 않도록 조심한다는 것이다. 유럽 문화를 쉽게 동일화해버리는 것이다. 그런데, 일본 사회보다 열등한 사회라고 판단된다면, 전혀 상관없는 '소토' 라고 판단하여 부끄러움에 개의치 않고 행동한다는 것이다. 예를 들어, 1970년대 한국에서 흥행했던 일본인의 매춘관광이 80년대 들어서면서 줄어들고 지금은 음성화된 배경에는 단순히 경제적인 논리가 아닌 이런 문화론적 배경이 있는 것이다.

정치적인 태도에도 수치의 문화가 배경이 된다. 태평

양전쟁 때 군인 위안부 등 다른 나라 사람들이 '죄' 라고 생각할 때, 일본의 정치인들 혹은 일본이라는 '국가주의(國家主義)'를 강하게 강조하고자 하는 이들은 이런 일들을 '수치'로 파악하고, 숨기거나 왜곡하고 싶어하는 것이다. 1923년 9월 1일 관동대진재 때 조선인 6,000명이 학살된 사건을 조사했던, 일본의 양심이라 불리는 정치가 요시노 사쿠조[吉田作造, 1880~1953]가 그 학살사건을 "세계 무대에 얼굴을 돌릴 수 없는 대치욕 아닌가(吉田作造, 「朝鮮人虐殺事件について」, 『中央公論』, 1923년 11월호)."라고 했던 것도 이런 문화사적인 배경이 있다. 큰 죄가 아니라, 그들에게는 대치욕으로 느끼는 것이 더욱 자극적이었을 것이다.

일본 사회만을 '우리'로 보는 것을 넘어 '남'도 '우리'로 보려는 노력이 일본 안에는 계속되고 있다. 이른바 '국제화'라는 의식이 퍼지고 있는 것은 일본을 위해서도 좋은 일이다. '부끄러움'을 불명예로만 연결시켜 생각하는 것말고, '죄'와 연결된다는 것도 일본 정치인들은 깊게 인식해야 할 것이다.

부끄러움을 찾는 사람들

적어도 요즘 아시아에 가서 창피한 행동을 하는 일본인은 줄어들고 있다. 물론 아직도 대만이나 타이에 가서 소녀들을 성도구로 삼는 이도 있고, 짧은 시간에 즐길 수 있는 방법을 소개하는 책도 있다. 이 나라에서 성이란 자연스러운 욕망이요, 드러나지만 않는다면 죄가 아니라고 생각하는 경향이 적지 않다.

지금도 일본에서는 예부터 부끄러움을 아는 마음 즉 염치심(廉恥心)을 제1 덕목으로 유치원에서부터 아동들에게 가르치고 있다. 그러나 무엇이 진정한 부끄러움인지를 가르치는 이는 극히 소수다. 일본인의 부끄러운 구석을 지적하는 이들은 소수지만, 그들의 열심은 이방인을 부끄럽게 만든다. 이들이 일본의 양심적인 '남은 자' 역할을 맡고 있다. 역사교과서 문제에 확실하게 비판하는 사람들, 1923년 관동대진재 때 조선인 학살사건을 아직도 조사하고 보고서를 내는 사람들, 군인 위안부의 문제를 해결하기 위해 한국과 중국, 북한 등을 오가며 조사하고 정부와 투쟁하는 의로운 세력들이 아직도 섬나라에 있어, 아직 이 나라는 실낱 같은 희망이 있다. 아직도 남아 있는 의인(義人)들은 인간의 진실한 화해를 위해 지난 일본의 역사가 '부끄러움'의 심리학을 얼마나 왜곡되게 이용해왔는가를 증언하고 있다. 진실로 부끄러운 것을 아는 사람을 중심으로 동아시아는 새로운 평화의 세계로 나아가야 할 것이다.

사무라이의 자손

일본이 '무사(武士)적인 문화사'를 갖고 있다면, 한국
에는 '문사적인 문화사'가 넓게 퍼져 있음이 여기 와서
새롭게 느껴지는 거다. 한국에 있을 때는 확실히 느끼지
못했는데.

「다양성과 내부의 적」에서

일본의 어느 잡지사에서 일본 문화를 본 느낌을 써달
라는 청탁을 받았을 때, 글머리에 올린 부분이다. 며칠
뒤, 그 글을 보았다는 대학원생이 나에게 물었다.

"사무라이[侍]라… 우리 일본인들은 거의 느끼지 못하
고 사는데, 사무라이 문화라고 하지만, 중세시대 당시
3~10% 정도에 불과했고, 메이지 시대에 다 없어졌잖아
요. 정말 그렇게 느끼세요?"

싱긋 웃음으로 답했다. 왜? 너무 할말이 많으니까. 모

은 자료와 비디오를 보여주며 설명하려면 하룻밤 가지고
는 모자라니까. 어쩌랴. 너무 많이 느껴지는 걸. 물론 일
본인들은 못 느낄 수도 있다. 또한 일본 문화를 모두 사
무라이 문화만으로 설명할 수도 없다. 쇼닌(商人) 문화,
집단의식, 신도주의 등 다양한 요소들이 습합(習合)된 특
이한 문화니까. 그래도 일본 사회에는 분명 사무라이 문
화가 중요한 역할을 하였다.

칼에 숨겨진 일상용어

"잇쇼켄메이[一生懸命] 간바레요!"

일본어를 처음 배울 때, 선생에게 가장 많이 들은 말이
다. 한국 사전에는 그냥 '열심히' 라고 써 있더라. 그런데
한자 그대로 번역하면, '목숨(生)을 걸고(懸) 일한다' 라
는 뜻이다. 그런데도 선생은 일본어를 '목숨 걸고 열심히
공부하세요' 라고 자꾸 말하는 거다. 우리말에도 걸어본
적이 없는 목숨을, 어찌 일본어에 걸어?

언어 배경사를 보면, 본래 중세시대 무사사회에서 나
온 말이란다. 원래는 잇쇼켄메이[一所懸命]로 '주군의 영
지를 목숨을 걸고 지킨다는 말' 이었는데, 그게 더 확실하
게 '자기의 생명을 걸고 열심히 일한다' 로 바뀐 말이다
(『廣辭苑』, 岩波文庫). 말로써 쇼군과 '의리'를 걸고 영
지를 지키는 것이다. 전설 같은 유래도 있다. 전국시대
때, 한 영주의 밥에서 머리카락 한 올이 나왔다. 벼락 같

은 소리가 떨어지자마자, 요리사의 머리가 베어졌다는 말이 진짜처럼 전해져 내려온다. 어찌 밥 한 그릇에, 목숨을 걸지 않을 수 있으랴.

일본인들이 가장 많이 쓰는 '스미마셍[濟みません]이다. 가게를 들어가도, 걷다가 부딪쳐도 스미마셍, 온통 스미마셍이다. 요즘은 '1. 죄송합니다, 2. 고맙습니다, 3. 부탁합니다' 란 뜻으로 쓰이지만, 본래는 '빚을 갚지 못했습니다' 란 뜻이다. 뭔 빚을 졌단 말인가. 어원을 보면, 이것도 중세 무사사회에서 나온 말이라고 한다. 천황의 고온[皇恩]에, 쇼군의 은(恩)에 빚을 지면서, 온통 빚에 둘러쌓여 살고 있는 것이다. 또 다른 해석도 있다. 사무라이들이 서로 길을 가다가 부딪치면 칼이 걸리는데, 곧 결투를 신청하는 신호였다. 그러자니 걸어가다 걸려서 스미마셍이라 하면 "죄송합니다. 사무라이로서 제 몸을 잘 간직하지 못했습니다." 란 뜻일 가능성도 있다.

또 있다. 일본 집에 초대되어 갔다가 응접실에 카타나카케[刀かけ, 칼걸이]에 걸린 카타나(刀)를 보면, 목 언저리에 씽 바람이 스친다. 또 있다. TV 드라마에서 "너는 해고다" 라고 말할 때 "쿠비다[首だ]" 라고 말한다. 모가지를 자른다는 뜻이다. 물론 우리도 '짤렸다' 란 속어적 표현은 있으나, 여기에서는 이 말이 우리보다 빈번히 일상어처럼 사용되고 있다. 비슷한 말로 '해고하다(首を切る)의 본뜻은 '모가지를 자르다' 란 뜻이다.

'사원 해고(社員の首切り)'란 말에서 '쿠비키리(首切り)'란 말은 '참수(斬首)'란 뜻이다. 예쁘고 상냥한 아가씨가 '해고당했다(首が飛ぶ : 목이 날라갔다)'라고 흰 이를 내보이며 말할 때는 귀엽다고 해야 할까.

더 써볼까. '진지하다'를 '신켄[眞劍]'이라고 한다. '신켄[眞劍]'은 '진짜 검'이니, '진짜 칼 앞에서는 진지해야 한다'란 뜻이다. '도와줄까?'를 '스케타치[助太刀]'라고 하는데, 해석하면 '내가 긴 칼로 네 편에 서줄게'란 뜻이다. 또 배신을 '우라기리[裏切り]'라고 하는데, 번역하면 '뒤에서 찌르다'라는 뜻이다.

일본 잡지사에서 원고청탁을 받을 때, 끝부분에 쓰인 단어에서 칼 냄새가 풍긴다. '시메키리[締切り]'란 단어다. 번역하면, '죄어서 자른다'란 뜻이다. 마치 편집장이 내 뒤통수에서 일본도를 겨누는 듯하다. 웃지 마시라. '시메키리'란 '원고 마감일'이란 뜻이다. 웨스턴 건맨은 '시메키리'를 "Dead Line"이라고 하니, 비스므레 피비린내 난다.

사무라이의 역사
아무래도 나라[奈良]와 교토[京都]에 가야 일본 고대와 중세 문화를 볼 수 있다. 거기서, 가장 인상적인 것은 중세의 건축학이었다. 대개 일본인은 '와비사비(わびさび)'의 미학, 곧 담백하고 검소한 미학을 좋아한다고 하지만, 일본의 건축 미학 전체를 포괄하기는 힘들다. (上田篤, 『日本人とすまい』, 岩波書店, 1974.) 특별한 양식은 쇼군들이 살던 무사의 집이었다.

도쿠가와 이에야스[德川家康]가 살면서 쇼군들과 회의를 하곤 했다는 니죠죠우[二条城] 안에 있는 '니노마루고텐[二の丸御殿]'이 대표적인 건물이다. 입구부터가 미로처럼 복잡하다. 몇 겹의 대문은 침입을 막기 위한 거다. 마루도 특이하다. 밟으면 휘파람 소리가 난다. 소위 '휘파람 마루'라고 하는데, 닌자[忍者]의 침입을 막기 위한 장치다. 그래서 단체 관광객이 이런 집에 들어가면 온통 휘파람 소리로 묘한 느낌이 든다. 방 천정도 높다. 칼싸움을 할 때 칼이 천정에 닿지 않도록 하기 위해서다.

또 쇼군이 앉는 자리 옆에는 세 개의 쪽문이 달려 있다. 유사시를 대비해 칼잡이들이 대기하는 자리다. 그리고 회의를 할 때, 모두 칼을 차고 들어왔다. 그건 자기 방어가 아니라, 무사사회의 예의인 것이다. 긴 칼은 불편하니까 짧은 칼, 타치[太刀]를 찼다.

이런 문화를 낳은 사무라이는 어떻게 생겼는가. 발단은 토지문제였다. 헤이안[平安] 시대부터 토지를 사이에 두고 호족들 간에 싸움이 끊이지 않았다. 국가에서는 토지를 정리하기 위해 율령제(律令制)를 실시할 수밖에 없었다(다이카 개신, 645년). 그러나 토지는 계속 싸움의 빌미가 되었다. 토지를 많이 점유하기 시작한 중들도 권력을 갖기 시작했다. 그들은 나라[奈良]에 절을 많이 세웠다.

결국 1067년에 고산죠우[後三條] 천황은 장원(莊園)을 정리하기 위해 '장원정리령(莊園整理領)'을 내렸다. 토지를 많이 갖고 있던 호족과 중들은 국가권력에 반발하고 나섰다. 국가는 이들을 '악승(惡僧)'으로 규정하고, 국가와 재지영주(在地領主)들은 이들에 대적하기 위한 무사들을 '사무라이'라고 부르면서 채용했다. '사무라이'는 '사부라우[侍 : 모시다]라는 동사가 명사로 바뀐 말이다. 국가는 사무라이를 통해 악승들을 몰아내면서 수도를 나라에서 교토로 옮겼다. 이렇게 사무라이의 태동은 10세기 무렵이다.(『日本の歷史』, 朝日新聞社, 1985, 46~49쪽.) 나라에는 큰 절이 많은데, 교토에는 큰 절이 없는 이유 중에 하나다.

이후 1185년 도쿄 근처 카마쿠라[鎌倉]에 독자적인 막부를 설치한 쇼군 미나모토노 요리토모는 독자적인 막부를 설치하여 쇼군에 취임했다. 이것이 최초의 사무라이 정권인 '카마쿠라 막부'다. 이들은 귀족과 천황이 있는 교토의 조정에 대립하여 독자적인 정치를 행했다. 1221년 교토의 조정과 카마쿠라의 사무라이 정권의 싸움에서, 후자가 이김으로 일본 열도에 마침내 '무사사회'가 형성되었다.

하지만 지방의 호족세력이 점점 커지면서, 일본열도는 지방분권적인 사회로 분화되기 시작했다. 이 시대를 '무로마치 막부시대'라고 한다. 이것은 '다이묘'라는 영주들이 각자 독자적인 무사단을 거느린 시대였다.

　문화연구가들은 무로마치 시대를 무사사회의 전형으로 보는데, 이 다이묘들은 점점 세력이 커지고, 100여 명의 다이묘들 사이에 100년 간 무협이 펼쳐졌고 이를 전국시대(戰國時代, 1467~1568)라고 한다. 100년 간의 전쟁을 종결시킨 인물은 바로 오다 노부나가, 도요토미 히데요시, 토쿠가와 이에야스다. 도요토미 히데요시가 천하통일(1590)을 이루고, 뒤를 이은 도쿠가와 이에야스는 도쿄에 에도막부를 세웠다. 그는 전국을 300여 명의 다이묘에게 분배하고 '큰 성을 중심으로 사람들이 모여 사는 죠우카마치[城下町]'를 조성해 사무라이와 상인과 농민을 구별하는 철저한 직업분화의 계급주의를 만들었다.

　거의 700여 년간 지속되었던 사무라이 제도는 메이지유신이 되면서 명분상 종지부를 찍었다. 이른바 하이한치켄[廢藩置縣]의 정치형태로 전환되면서, 일본도를 허리에 차는 것이 금지되고 복수[仇討ち]도 국법으로 금지되었다. 무사들이 칼을 쓰지 못하고 걸인처럼 떠다니니까, 쇼닌[商人]들이 비웃는 기풍까지 있었다.

　하지만 그 문화는 이미 농민이나 상인층에 깊숙이 배어 들어가 있었고, 이후 군국주의와 만나면서 급격히 되살아났다. 천년 전부터 이어진 이 문화양식은 이제는 거의 느낄 수 없을 정도로 생활 속에 녹아 스며든 것이다.

츄신구라, 사무라이의 이념

사무라이들은 아이누 족을 격퇴시키는 등, 국가의 위기를 관리하는 일을 주로 했으나 농민층에도 깊은 영향을 미쳤고, 그들의 관리술은 위와 아래에 걸쳐 일본 사회 전체를 유지하는 기능을 했다. 구로사와 아키라[黑澤明, 1910~1998] 감독의 영화 '7인의 사무라이'가 그 과정을 잘 보여주는 걸작이다. 7명의 사무라이들은 모두 주인을 잃은 로닌[浪人, 방랑자]이다. 그들은 농민들과 함께 생활하며 그들을 위해 산적들과 싸운다. 여기서 사무라이들은 정의로운 인물로 묘사되고 있다. 이처럼 서양의 기사도(騎士道)나 신라의 화랑도(花郎徒)와는 달리, 사무라이는 오랜 기간 계급체계의 중간위치에서 일본 사회에 광범위하게 뿌리를 내렸던 것이다. 이런 사무라이 시대의 이념을 잘 보여주는 시대극은 역시 츄신구라[忠臣蔵]다.

한국에서 살아본 외국인이라면 춘향전, 홍부전, 심청전을 누구나 기억한다. 마찬가지로 일본에는 츄신구라가 있다. 일본 문화사에 관한 책이라면 거의 소개되어 있는 시대극이다. 다만, 심청전, 춘향전과 달리, 츄신구라는 실제 사건이다. 등장하는 인물들은 역사 사전에도 나와 있는 실제 인물들이다.

1701년 3월, 에도 성에서 일어난 일이다. 늙은 영주 키라 코즈케노스케[吉良上野介]에게 속아서 일어난 일이다. 주군(主君) 아사노[俵野]가 에도성 안에서 칼을 지참

영화 '7인의 사무라이' CD 자켓.

하면 안 되는 법을 어겼다는 이유로 셋부쿠[切腹], 할복]를
할 수밖에 없었다. 주군이 죽자 사무라이들은 뿔뿔이 흩
어질 수밖에 없었다. 그러나 주군과의 의리는 잊을 수 없
는 법. 분을 삭이며 사무라이들이 거지 같은 생활을 하면
서 복수를 꿈꾼다. 키라가 알아차릴까봐 각자 바보 같은
생활을 한다. 가장 충실한 오오이시[大石良雄]는 교토의
이름난 술집거리에 가서 기생들과 놀아난다. 악사가 되어
정처 없이 세상을 떠다니는 사무라이, 술만 퍼먹는 사무
라이, 누가 보더라도 이들은 이미 주인을 잃고 미쳐버린

추풍낙엽에 불과해 보였다. 그러나 그들은 가장 똑똑한 오오이시를 중심으로 은밀하게 모여 칼을 갈고 있었다. 드디어 1년 9개월이 지난, 함박눈이 쌓인 12월 14일. 47명의 사무라이들은 복수를 갚기 위해 밤을 틈타 미로처럼 복잡한 키라의 집 담을 넘는다. 새벽까지 키라의 집에 거하는 150여 명의 사무라이와 일대 무협이 펼쳐진다. 오오이시는 주군이 자결할 때 썼던 칼로 키라의 목을 따서 주군의 묘소 앞에 바친 뒤, 47명 모두 자결한다. 이때 최고령자는 78세였고, 최연소자는 오오이시의 아들로 16살 소년이었다.

지금도 도쿄 시나가와[品川]의 센가쿠지[泉岳寺]라는 절에는 47명의 묘소가 있고, 참배자들이 줄을 잇는다. 이것이 가장 대중적인 가부키 작품이요, 노래극이요, 소설의 소재, 영화 대본이다. 지금까지 영화로 몇 번 제작되었을까. 내가 본 『일본 영화사』에는 1938년 첫 영화가 나온 뒤 10편으로 나와 있었는데, 더 조사해보니까 끝이 없었다. 왜냐하면 제목을 달리해서 나온 드라마, 영화, 애니메이션 등 수도 없이 많으니까. 그중에 세 편을 보았다.

1. 〈47인의 자객〉(1994), 이치가와 곤[市川 崑] 감독
2. 〈츄신구라 외전, 요츠야 괴담[四谷怪談]〉(1994), 후카사쿠 킨지[深作欣二] 감독
3. 〈필살 츄신구라[必殺 忠臣蔵]〉(1987), 구도 에이이치[工藤榮一] 감독

1은 악한 키라의 입장을 다르게 해석하면서, 주인공 오오이시의 내면에 주목하고 있다. 가장 예술적 형상미가 뛰어났고 51회 베니스영화제 특별초대작, 7회 도쿄국제영화제에서 특별상을 받은 준작으로 주연은 유명한 다카쿠라 겐[高倉 健]과 미야자와 리에[宮澤りえ]다. 2는 원본에 괴담을 합친 이야기로 주군을 잃은 사무라이 중에 한 명을 주인공으로 삼아 꾸민 영화다. 그는 악사로 거리를 헤메다가 목숨을 잃는다. 3은 다소 현대적인 해석을 가미하여 만든 작품이다. 그러면 이 영화들은 사무라이 문화와 어떤 관계를 갖는가.

의리와 긴장의 사회

첫째 사무라이들은 '의리의 사회'를 만들었다. 사무라이들은 주인과의 의리 때문에 복수를 결심한다. 영화1은 의리를 지키기 위해 오오이시가 얼마나 조심스레 시간을 보내는지 잘 묘사하고 있고, 2에는 그가 키라를 속이려고 술집 작부와 놀아나는 장면이 도드라져 보인다. 더 놀라운 건 47명이 자결하는 이유다. 그건 쇼군과의 '예의 관계'라는 의리를 어겼기 때문에 스스로 셋부크[切腹]한다. 이만큼 의리를 지키려고 일본인들은 최선을 다한다. 의리를 지면 빠른 시간에 의리를 갚아야 한다.

예컨대 일년에 두 차례 의리를 진 사람들과 문안 편지를 교환한다. 그중, 여름 문안엽서인 '쇼츄우오미마이[暑中お見舞い]를 나도 몇 통 받았다. 받으면 빠른 기간 안에 답해야 한다. 한국인 중에는 그게 짜증스럽고 피곤해서, 여기서 지내면 지낼수록 피곤하다고 말하는 이도 있다. 내가 보기엔 아름다운 풍습이다.

나쁜 상황일 때는 의리가 복수라는 형태로 나타난다. 영화2가 조금 과장한 경우인데, 쫓겨난 사무라이가 죽어서 귀신이 된다. 그 혼령은 12월 3일에 나타나 복수극에 참여한다. 그리고 이기고 돌아가는 47인에게 샤미센[三味線 ; 일본 고유의 현악기]을 들려준다. 이때 소리는 들리지만, 사람의 형체는 보이지 않기 때문에 47인은 선율만을 들으며 발길을 돌린다.

이토록 끈질기다. 오죽했으면, 일본에 진주한 맥아더 사령부가 이 연극과 영화를 금지시켰을까. 이유는 이 복수의 미학이 반미감정을 부추길 수 있다고 판단했기 때문이다.

아닌 게 아니라 일본 문학사에는 '복수문학'이란 갈래가 따로 있다. 이럴 정도니 일본인의 심리 한편에서는 "원수를 사랑하라"(마태복음 5:43)는 말씀을 받아들이기가 무척 힘든 것이다. 일본인의 시각에서 볼 때 용서는 분명 비겁한 행동일 수도 있다.

둘째, 사무라이 문화는 '긴장의 사회'를 만들었다. 사무라이들은 늘 긴장해야 한다. 언제 어디서 단검이 날아들지 팽팽히 긴장된 눈빛, 이런 긴장의 마음조임은 아직까지 영향력이 있다.

잇쇼켄메이란 말마따나, 과거에는 밥을 잘못 지으면 모가지가 날라갔지만, 이제는 회사에서 보고서에 오자가 한 자라도 있으면 모가지가 잘릴 수도 있다. 완벽하지 않으면, 말 그대로 '모가지대[首だ]'. 이것이 일본 사회의 완벽주의를 만든 요소 중에 하나라고 말하는 이들도 있다.

이런 긴장과 몰입이 평생 한 가지를 두고, 대를 이어 일대(一代), 이대, 사대, 몇 백 년을 타다미나 소바를 만드는 '몰입사회'를 만들었다. 이외에 사무라이 문화는 다른 영향도 끼쳤다. 긴장사회의 반대로 생긴 문화양상도 중요하다. 그것은 바로 일탈의 문화다. 무사계급이 만든 성 '안'에 있다가 '밖'으로 나가면 긴장이 풀어지는 현상이 나온다.

이쯤이라면 당연히 사무라이 문화의 긍정성이 용인될 수 있다. 가장 좋다는 대사전 『고지엔[廣辭苑]』(岩波書

店)도 사무라이 정신을 이렇게 설명하고 있다.

武士道 : 카마쿠라[鎌倉] 시대(12세기)에 시작되어 에
도기(江戶期)에 유교사상을 바탕으로 커져, 봉건 지배체
제의 이데올로기적 지주를 이루었다. 충의, 희생, 신의,
결백, 검약, 숭무(崇武), 명예 등을 도의적 목표로 삼았다.

'의리와 긴장의 문화'가 충분히 느껴지는 설명이다.
특히 나는 충의와 신의라는 단어가 크게 강조되어 보인
다. 이쯤에서 갸우뚱하는 분들도 있을 것 같다. '일본 사
람은 사무라이를 좋게 생각하지 않겠냐, 라고 질문하신
다면 당신은 예리한 분이다. 당연하다. 일본인답다고 자
부하는 어떤 이는 내게 이렇게 말했다.

"맞아요. 사무라이는 좋아요. 좋은 정신을 갖고 있었
어요."

에도 시대의 사무라이들을 문무를 겸비하여 공부를 담
당하던 정의로운 존재로 일본인들은 알고 있다.

"문제는 사무라이와 '사무라이를 이용한 사무라이주
의'를 구별해야 한다는 거죠. 군국주의가 사무라이주의
를 부정적으로 이용했죠."

많은 일본인은 사무라이와 군국주의를 구별해야 한다
고 말한다.

1996. 10.

가부키, 츄신구라

　우리가 춘향전을 매년 영화나 텔레비전 드라마, 마당
놀이, 연극, 소설, 코미디 등으로 즐기듯, 일본인들은 영
화로 100여 편 이상 제작된 「츄신구라[忠臣蔵]」를 사랑한
다. 지금도 드라마, 연극, 소설, 만화로 끊임없이 리메이
크되는 일본 최대의 클래식이다.

　이야기는 1701년에 일어났던 실제 복수사건을 모델로
하고 있다. 사건이 일어나고 40여 년 후 귀로만 전해지던
이야기를 작가 세 사람이 가부키로 만든다. 에도 시대
(1603~1867)에 만들어진 가부키[歌舞伎]는 음악, 무용,
연기로 이루어진 서민들의 연희양식인데, 1748년 다케다
이즈모[竹田出雲]가 나미키 소스케[並木宗輔], 미요시 쇼
라쿠[三好松洛]와 함께 인형극인 '분라쿠[文樂]'를 위해
대본 「가나데혼 츄신구라[仮名手本忠臣蔵]」를 쓴다.

　2002년 11월 도쿄국립극장에서 가부키 「츄신구라」 전

막을 3일 간 연속공연한다는 소식을 들었다. 사건이 일어났던 해의 300년을 기념하는 공연이라니 만사를 접고 가야 했다.

가부키로 보는 복수 사건

내가 가부키를 처음 보았을 때 화사한 의상, 회전식 무대 등 장엄한 규모에 놀랐었는데, 이번 공연도 마찬가지였다. 손발을 내저으며 위세 있게 등장하는 등장인물의 화사한 옷은 붉은색과 분홍색으로 눈부셨고, 관중들은 때마다 환호했다.

모두 11막으로 이루어지는 이 작품은 1701~03년에 일어났던 사건을 말한다. 흔히 '47인의 낭인(浪人) 사건'으로 불리는데, 47명의 낭인들이 자신들의 주군이 억울하게 죽자 2년을 기다려 원수를 갚았던 사건이었다. 로닌[浪人]이란 주인을 잃은 사무라이를 말한다. 『춘향전』을 여러 명이 필사하여 판본이 많듯이 『츄신구라』의 판본도 80여 종이나 되어, 판본에 따라 44명 혹은 47명으로 차이가 있다.

1701년 하리마 아코오[赤穂]의 번주 아사노 나가노리[淺野長矩]는 고관 대신 코즈케노스케[吉良上野介]에게 모욕을 당하고 칼을 빼어든다. 그런데 쇼군이 거주하는 곳에서 칼을 빼서는 안 되는 법이 있어, 쇼군은 아사노에게 당일 할복할 것을 명한다. 결국 아사노는 할복 자살을 한다. 할복하는 장면에서 샤미센과 피리, 소고, 대고, 북,

통소는 기괴한 효과음을 만들어냈다.

졸지에 사무라이들은 주군을 잃고 집안과 영지를 몰수당한다. 집을 떠나는 장면은 무대배경이 접히면서, 집이 점점 작게 보이는 장치였는데, 그 착상이 신기했고, 너무도 입체적이고 아름답기만 했다. 또한 갈 길을 잃은 이들은 신체의 움직임을 고정해 '미에[見得]'라는 정지된 포즈를 자주 연기했다. 마치 인물과 배경이 하나의 그림처럼 보였다. 가부키는 역시 회화적인 무대 예술이다.

이후 낭인들은 술주정뱅이로 위장하거나 하여 비밀리에 무기를 모아 주군의 복수를 계획한다. 이 장면에서 술집 작부들의 모습이 나오는데, 등장하는 여자들은 실제 여자가 아니라, 모두 온나가타[女形]로 불리는 여자로 분장한 남자배우들이다. 교태로운 목소리나 완벽하게 훈련된 여자의 몸짓은 아름답기까지 했다.

1년이 지난 이듬해 12월 14일 눈 내리는 미명에 사무라이들은 키라의 저택을 급습한다. 여기서 칼싸움 장면이 펼쳐진다. 반주음악과 더불어 리드미컬하게 잘 계산된 다테[殺陣] 장면은 검 외에도, 창, 봉 등으로 무대 위의 전투장면을 실감나게 꾸며준다. 그리고 아침해가 뜰 무렵 이들은 마침내 키라의 목을 벤다. 이 장면은 이 연극의 비장한 하이라이트이다.

당시 여론은 사무라이들의 충성과 그 의협심을 높이 샀으나 쇼군은 거기에 가담한 사무라이 47명 전원의 할복을 명한다. 47인은 쇼군의 명령에 따라 집단 할복 자살을 한다. 그리고 무사로서 명예롭게 죽은 그들은 주군의 묘 옆에 나란히 묻혔다. 법을 어긴 폭도였으나 이들은 충(忠)과 의(義)의 사표로 일본 국민들에게 각인됐다.

츄신구라의 매력

도쿄에서 바그너의 「니벨룽겐의 반지」를 3일간 본 적이 있는데, 「츄신구라」도 하루에 서너 시간씩 3일간 보았다. 일이 끝나면, 가부키 책을 읽고 내용을 숙지한 뒤, 부지런히 국립극장에 가서 그 매력에 빠져버렸다.

첫째, 복수를 준비하는 사무라이들의 와신상담(臥薪嘗膽), 치밀하고 과감한 복수의 결행, 마지막의 여한 없는 집단할복 등 사건 자체가 드라마틱하다. 무사 47명 중에는 10대 소년에서부터 60대 노인도 있는데, 이렇게 모든 세대가 주인공으로 등장하고 있어, 보는 사람은 자신도 47명 중에 한 사람으로 공감할 수 있다. 또한 남녀의 애정과 금전을 둘러싼 줄거리가 얽히면서, 인간의 다양한 문제를 제시하고 있는 이 작품을 통해 우리는 분방(奔放)하고 화려한 가부키의 매력을 체험하게 된다.

둘째, 이 작품을 통해 일본 문화의 원형을 체험할 수 있다. 이 작품에는 일본 사무라이 문화의 원형인 충(忠)이 가득하다. 한번 목표가 서면 전원이 하나가 되는 일억총단결(一億總團結)의 원리를 여기서 본다. 할복 또는 셋부쿠라고도 하는 죽음의 방식은 그리스도의 순교처럼 사무라이의 죽음을 신비화시켰다. 이러한 죽음은 제2차 세계대전 때 국가주의와 연관되어 수많은 젊은 생명을 앗아가기도 했다.

셋째, 이 작품을 통해 에도 시대를 체험할 수 있다. 텔레비전이나 마땅한 오락이 없던 시대에 가부키의 역할을. 당시 가부키는 죠닌[町人] 계층의 유일한 오락거리였다. 지금 스타들에게 환호하듯 가부키 주인공들은 당시의 스타들이었고, 사진이 없던 시대에 배우들의 얼굴을 그린 풍속화 우키요에[浮世繪]는 훌륭한 기념품이었다. 가부키를 통해 일본 전통문화와 그 정신은 이어져왔다. 바그너의 총체예술처럼, 가부키를 통해 음악과 무용과 미술과 문학과 사상이 함께 발전했던 것이다.

계간 『쿨투라』, 2006년 봄호.

4부. 야스쿠니[靖國]

세뇌공장

김응교

지독한 물건을 만드는 세뇌공장
나는 셀 수 없이 방문했다
은근히 플러그를 꽂는 그곳에 가면
배꼽 아래부터 혈액이 몇 볼트씩 올라간다

세뇌공장 야스쿠니에 가면
한참 서서 보는 작은 동상이 있다
잠수복 입고 기뢰가 달린 창으로
연합군의 배 밑바닥을 찔러
폭사했다는 15살 소년병 특공대의 동상
실은 연합군 배에 접근하기 전에
대부분 익사해 죽었다고 한다
카미사마(神)가 박제된 神殿

세뇌(洗腦) 공장은
오직 신의 나라만이 지구상에 존재하고
모든 외국인은 악인으로 보이는 약물을
강제로 주사한다

막무가내로 사람의 몸속으로
각반 찬 군화발 디미는 세뇌공장
상상력을 차압하며 악성빈혈을 전파한다

정로환의 정체

1940년대 정로환이 '전몰기념환' 이었던 적이 있다.

도쿄는 옛날 문화를 고스란히 보존하고 있는 시타마치 [下町]에 둘러싸여 있다. 일본 문화를 체험하려고 나는 일부러 몇 년간을 이 시타마치에서 생활했었다. 시타마치의 옛날 집이 불편하기도 하지만 일부러 옛날 문화가 좋아서 집을 고치지 않고 사는 사람도 적지 않다. 현대식 사우나에 밀려 사라져가는 서울의 동네 목욕탕과는 달리, 도쿄 시타마치에는 아직 몇 백 년이 넘은 센토[錢湯, 목욕탕가 적지 않다. 나는 마루가 깔린 서양식 집에서 살았는데, 가끔 "건초냄새가 풍기는 다다미방이 그립다" 는 일본인들의 마음이 이해되곤 했다. 3년 정도 다다미방에서 살았는데, 서울에 가면 내 몸에서 건초냄새가 난다는 말을 가끔 들었다.

일본인들은 추억이나 역사를 사랑하고, 그것을 이용한

상업적인 수완도 뛰어나다. 많은 한국인들이 외국에 나갈 때 갖고 나가는 비상약 정로환에서도 추억을 귀중히 여기는 일본인들의 독특한 상술을 만날 수 있다. 배탈, 설사, 식중독의 즉효약인 이 약은 해외여행을 떠날 때 꼭 갖고 가야 할 약으로 알려져 있다. 특히 중국에서도 '쩡루완'이라 하여 필수약으로 알려져 있다.

정로환의 역사

이 약의 역사는 110년 전으로 거슬러 올라간다. 1904~5년에 벌어졌던 러일전쟁 때, 물이 안 맞아 일본 병사들은 전쟁을 하던 중에도 복통을 참아야 했다. 이때 강력한 살균력을 지닌 크레오소트를 주성분으로 하는 정로환은 병사들의 배를 치료해주는 신(神)의 약이었다. 정로환은 말 그대로, 러시아를 정복하는[征] 알약[丸]이었다.

메이지 시대, 일본 육군은 장병의 건강관리에 골머리를 썩고 있었다. 의학이나 영양학이 발전하지 못하여 평균수명이 쉰 살에도 못 미쳤던 19세기 말, 청일전쟁의 전몰자 1만 3,309명 중에 전투에 의해 죽은 이는 불과 1,415명에 지나지 않고, 나머지 1만 천여 명이 비타민 B1의 부족으로 죽었던 것으로 연구되고 있다. 당시에는 비타민이 무엇인지 몰라 서구인에는 볼 수 없는 일본 특유의 풍토병이라고 인식되고 있는 형편이었다. 또 중국 전선에서는 비위생적인 물 때문에 전염병도 많았는데, 다행스럽게도 1902년 크레오소트제가 티푸스균에 효과가 있는 것이 판명된다. 이 약으로 인해 설사나 복통을 호소하는 병사는 격감했다고 한다.

당시 이 환약의 정식 명칭은 '크레오소트환'이며, 정로환은 어디까지나 속칭이었다. '정로'라고 하는 말은 러시아를 박살낸다는 의미로, 당시의 유행어였다. 그 지사작용은 귀환한 군인들의 체험담으로서 다소 과장도 섞어 전해졌고, 또 전승 무드 속에서 '러시아를 넘어뜨린 만능약'은 많은 메이커로부터 경쟁적으로 제조판매되어 일본의 독자적인 국민약으로 보급되었던 것이다.

제2차 세계대전 종결 후, 러시아를 정벌한다는 뜻의 '정로환(征露丸)'이라는 명칭을 사용하는 것은 바람직하지 않다는 행정지도가 있어 정로환(正露丸)으로 고쳐졌다. '정벌한다'는 정(征)자가 현재 일본에서 대부분 바르다는 정(正)자로 바뀌었는데, 나라 현의 일본의약품제조주식회사에서는 원래의 정로환(征露丸)이라는 이름으로 판매하고 있다. 본래 상자에 그려져 있는 인물은 초대 육군 군의총감인 마츠모토 준[松本順]이었는데, 지금은 그 자리에 나팔이 그려져 있다.

야스쿠니 신사에 진열된 정로환

2005년 일본 곳곳에서는 러시아에 대한 전승 100주년을 기리는 기념식과 전시회가 열렸다. 국내에는 러일전

정로환의 이름 변화.

쟁에 관한 연구가 그리 활발하지 않은데, 최문형 교수의
『국제관계로 본 러일전쟁과 일본의 한국 병합』(지식산업
사, 2004)은 명성황후 사건이나 독도 문제가 모두 러일전
쟁에서 비롯되었음을 밝히는 귀한 연구서적이다. 이 책
은 일본 후지와라 서점과 동시에 출판되어 일본에서 크
게 주목을 받았다.

일본인들이 백인을 이겼다는 자부심을 갖게 한 러일전
쟁 100주년 기념식에서 나카소네 전 총리는 "러일전쟁은
아시아 민족에게 우리도 백인을 이길 수 있다는 자신감
을 주었다."라고 연설했다. 이러한 자리에 전시되는 진
열품 중에 하나가 정로환이다. 발틱함대를 물리친 정로
환을 보면서 나이든 노병사는 일본인으로 태어난 긍지를
끄덕일지 모르나, 나는 복잡한 심경에 묵상하는 꼴이 되
어버린다.

왜 나는 이 작은 약병 앞에서 멈칫하는 걸까.

역사와 추억을 돈이라는 교환가치로 바꾸는 일본적 상술을 만나기 때문이다. 이들은 100년 앞을 보고 물건을 만든다고 한다. 100년이 된 이 약은 아직도 한국이나 중국은 물론 전 세계에서 여행과 캠핑의 필수품이다. 도쿄의 북부지역을 100년 동안 달리고 있는 전차 토덴[都電]도 마찬가지다. 한국에는 전차가 이미 모두 없어졌으나, 일본 곳곳의 전차는 이방인들의 호기심과 추억을 꼬드긴다.

인간의 가장 기본적인 필요성을 상술로 삼은 일본인의 집착이다. 그들은 100년 전 인간의 똥, 신진대사 문제를 이렇게 확실하게 해결해주는 약을 먼저 개발하여 내놓아서 아시아의 설사약 시장을 석권했던 것이다.

상술과 함께 발전해온 일본 제국주의를 묵상해본다. 러일전쟁 100주년을 기념해서 정로환이 야스쿠니 신사에 기념품으로 전시되어 있다는 것은 그 의미가 지금도 계승되고 있음을 은근히 과시하는 것이 아닐까.

'일본'이라는 언표를 대할 때마다 다가오는, 곧 역사적인 거부감과 동시에 뛰어난 상술에서 느껴지는 어지럼증이 저 작은 약병을 볼 때마다 스멀거리는 것이다.

『아시아 경제』, 2006. 4. 3.

야스쿠니를 아세요

많이도 쏘다녔다. 휘익, 바람마냥 떠다녔으니 도쿄라면 서울마냥 안내하고 다닌다. 일본에 오는 이들에게 2박3일 코스, 3박4일 코스를 짜서 안내하기도 한다. 내가 안내하는 코스에 빠지지 않고 등장하는 볼거리가 한 군데 있다. 볼거리라니까 혹시 '홀딱쇼'를 기대하실지 모르는데, 거리가 멀다.

그 볼거리를 처음 안내한 사람은 일본 사람이다. 일본에 오기 전에 나는 진실한 일본인을 여럿 만났다. 그중에 고등학교 역사 선생님인 다나카[田中] 씨는 '형'이라 부를 만큼 친하다.

처음 만나던 날, 그는 나를 강제 징용된 조선 노동자 3,000명이 판 지하 군수기지로 데리고 갔다. 도쿄에서 3시간 정도 벗어난 시골 외진 데였다. 말로만 듣던 칙칙한 동굴, 깊고 위험해서인지 20미터쯤 들어가니까 쇠파이프로 막혀 있었다. 그 어두운 동굴 속에서 내 가슴은 꺼멓게 무너지고 있었다.

"고등학교 때 우연히 재일교포 작가인 이회성, 김달수 선생이 쓴 소설을 읽고 일본이 크게 잘못한 걸 알았죠. 그때부터 뭔가 부끄러워지더군요."

동굴 한복판, 다나카 선생의 울울한 목소리다.

그 뒤로 그는 한국말을 '아직도' 할 줄 모르는 재일교포 2세와 결혼했고, 필리핀과 한국에 있는 역사의 생채기를 찾아가기도 했다. 한국말을 모르지만, 만나면 "안니옹하시무니까?"는 할 줄 아는 드문 일본인이다.

우리는 두 주에 한 번씩 만나 일본 고대사부터 공부해 왔다. 또 고대시대 한반도에서 건너온 사람들이 지었다는 고려신사(高麗神社)나 구석기시대 유적도 찾아가고, 재일 YMCA를 찾아가 재일교포 문제를 토론해보기도 했다. 또 그가 일하는 학교에 찾아가 선생님들과 대화하기도 했다. 특히, 제주도 4.3사건 뒤에 보복을 피해 집단으로 이주해온 피해자들이 미카와시마[三河島]에서 교포 1세들에게 직접 4.3사건 얘기를 들려주면서 식사를 함께 했던 기억이 소롯하다.

그러던 5월 어느 날, 간다[神田] 서점가에서 만난 그는 꼭 같이 가야 할 곳이 있다면서 나를 데리고 갔다. 간다에서 이와나미홀 쪽으로 야스쿠니 길을 따라 15분 정도 걸어가면 무도관이 보인다. 그 건너편에 거대한 문이 있다.

246만 5,000명의 신

거대한 문, 저기가 지겹게 유명한 야스쿠니 신사[靖國
神社]다.

거대한 문을 통과하면, 폭 15미터 정도의 길을 100미터
정도 걸어 들어간다. 길 끝에 신사 건물이 무섭게 반짝인
다. 처음 찾아가던 그날은 어스름 저녁 무렵이었기에, 으
스스. 헛것들이 떠도는 공간이니 으스스할 수밖에.

신사 건물에 들어가기 전, 양쪽에 조형조각물이 새겨
진 석조대가 있다. 그 석조대에 새겨진 조형조각물은 볼
만하다. 청일전쟁을 기념하여 환호하는 일본군, 시베리
아에서 털옷을 입고 기차 위에서 '반자이[萬歲]'를 불러
대는 러일전쟁 기념 조형조각, 한국 식민지 점령을 기념
하는 조각, 대동아전쟁 때 폭탄을 안고 뛰어드는 인물조
각들이 둘레에 새겨 있다. 종로 파고다공원에 있는 청동
조각과 정반대의 상황을 상상하면 된다. 침략전쟁의 점
령자가 영웅처럼 조각되어 있는 것이다.

다나카 선생은 목소리를 높였다.

"저기 일본군들이 겨냥하고 있는 총구 앞에 누가 있을
까? 저 발 밑에 누가 깔려 있을까? 김 상의 아버지가 있지
않을까요? 그리고 여기 총을 들고 서 있는 일본 군인들
중에 강제로 끌려간 제 아버지가 있지 않을까요?"

나는 천천히 말했다.

"아니에요. 강제로 끌려왔던 내 아버지도 다나카 선생

아버지처럼 일본 군인이었어요."

왜 실없는 헛웃음이 흘러나오는지.

"여기서 거의 매주일 기독교신자와 불교신자들이 데모를 해요. 정부는 일절 안 듣는 척하죠. 방송에도 안 나가죠. 저도 여기서 데모하다가, 경찰 곤봉으로 맞은 적이 두 번 있어요."

뿌연 가로등 불빛은 선생 이마의 흉터를 깊게 더욱 골지게 만들었다.

돌아온 나는 자료를 모아 밤 새워, 희뿌연 역사의 기승전결을 꿰었다.

야스쿠니 신사는 원래 메이지 정부를 세울 때 죽은 신정부군(관측)을 전통적인 신도(神道) 의식으로 위로하려고, 1869년(메이지 2년)에 지은 초혼사(招魂社)라는 사당이었다. 그 뒤 반란이 있을 때마다 싸우다 죽은 사람들은 신(神)으로 등록되기 시작했다. 8개월에 걸쳐 벌어졌던 세이난[西南] 반란 때는 정부군으로 싸우다 죽은 6,665명이 신으로 등록되면서 1879년 군(軍)의 의견을 받아들여 야스쿠니 신사로 명칭이 변경되었다.

신사(神社)라는 말이 나왔는데, 일본 문화를 이해하려면 이 단어를 깊게 이해해야 한다. 원래 6세기에 불교가 백제를 통해 들어오기 전부터 일본에는 신도(神道)라는 전통적인 신앙이 있었다. 신도는 본래 자연을 숭배대상

으로 삼았는데, 점차 조상을 숭배하는 형태로 변했다. 그
후 메이지 시대가 되어 아마테라스 오미카미[天照大御神
: 태양신]를 조상신으로 하는 황실 신도를 중심으로 계열
화되는 국가신도(國家神道)가 성립되었다. '국가신도'
라는 말은 신도가 종교가 아니고, 모든 종교 위에 있는 정
신, 초(超)종교라는 말이다. 천황은 국가신도의 제주(祭
主)요, 일본 민족의 통어신(統御神)이다.

  야스쿠니 신사는 바로 이 지점에 성립되었다. 이후로
천황은 국가를 위해 싸우다가 죽은 이들을 뽑아서 신사
에 신(神)으로 모셨다. 여기에 '모셔진 신'들은 '천황의
은혜(皇恩)'를 입은 것이다. 청일전쟁으로 시작된 본격
적인 침략전쟁에 따라 전사자들은 마구 증가했다. 이쯤

되니 당연히 이해가 된다.

제2차 세계대전 때 태평양 섬에서 옥쇄(玉碎)한 일본 군들은 모두 천황의 무한한 은혜를 갚은 것이라고 일본인들은 말했다. 또한 죽으면 영웅신이 된다는 걸 병사들은 알고 있었다. 포로가 된다는 건 신이 되는 걸 포기하는 거다. 그러니 당연히 옥쇄하는 것이다. 바로 이 야스쿠니 신사는, 전사하면 신인 천황이 참배해준다는, 전사의 영광을 교육하는 군국주의 시설이었다.

현재 '모셔' 있는 신들은 246만 5,000명이다. 246만 5,000 헛것들이 떠돌고 있다. 당연히 그날 저녁 으스스했을 수밖에.

윤봉길이 죽인 일본의 신

며칠 뒤 야스쿠니를 다시 찾아갔다.

야스쿠니 신사 문짝에는 천황의 인가를 받아야만 가능한 '황금빛 무궁화 문양' 이 새겨져 있다. 그 문을 통과하면 전통적인 신사건물이 있다. 일본에 여행 오면 장난으로 신사에 동전을 던지고 박수 치며 절하는 사람들이 있다. 그분들에게 진심으로 권한다.

"그런 짓 하지 마세요. 겉으로야 재미있지만."

깊이 깊이 일본의 계급집단주의 나아가 군국주의와 연결되어 있기 때문이다. 특히 야스쿠니 신사에서 절하는 건 일본의 군국주의 헛것들에게 하는 것이다. 많은 사람들이 신사참배를 거부하며, 대만에서 중국에서 한국에서 죽어간 비극을 기억해야 한다.

본전(本殿)을 나오면 유슈칸[遊就館]이라 하여, 일본의 전쟁기념물을 전시해놓은 건물이 있다. '유슈[遊就]'란 말은 "고결한 인물을 찾아 어울리며 배운다"는 중국의 고전 『순자(荀子)』에서 따왔다고 한다.

유슈칸 앞에는 '15년전쟁(중일전쟁)' 때의 C56형 증기 기관차, 대동아전쟁 때 동아시아의 섬을 정복했던 일본의 대형 대포들이 전시되어 있다.

이제 유슈칸에 들어가보자. 입구부터 메이지 천황의 사진과 글씨, 야스쿠니 신사를 참배하는 다이쇼 천황의 그림 등이 자리잡고 있어 천황이 얼마나 중요한가를 강조하는 듯했다. 화살표를 따라가면, 메이지 시대부터 태평양전쟁까지 일본 전쟁사가 한눈에 정리되어 있다. 넓은 공간이기에 다리가 아플까봐 잠깐 비디오로 일본의 '성스런 전쟁사'를 암기시키는 휴게소도 있다.

　　"일청전쟁은 조선국의 요청으로 출병한 청나라 군대로부터 일본 거류민을 보호하기 위해 나간 전쟁이며, 일러전쟁은 동아시아 국가를 러시아의 마수로부터 보호하기 위한 전쟁입니다. 대동아전쟁(일본의 우익들은 '대동아 공영권'이란 신념을 받아들여 절대 '태평양전쟁'이라고 하지 않는다.)은 미영 제국주의에서 아시아 민중을 해방시키기 위한 전쟁입니다."

이 '숭고한 전쟁'을 위해 목숨을 바친 신들, 도조 히데키[東條英機, 1884~1948] 같은 7명의 A급 전범을 포함, 246만 5,000명의 죽음들.

가장 놀란 대목은 1층의 어떤 방에서다. 시라카와 요시노리[白川義則]의 유품이다. 시라카와가 당시 입었을 너덜너덜한 와이셔츠가 전시되어 있었다. 왼쪽 팔 한쪽은 잘려 나갔나? 설명서를 읽어본다.

"쇼와(1932년) 4월 29일 상해 신공원(홍구공원)에서 천장절(天長節, 천황의 생일―인용자) 축하 기념식 전 집행된 윤봉길(尹奉吉)이 던진 폭탄으로 상해 파견군 사령관 시라카와 요시노리 대장, … (중략) … 등이 부상했다. 같은 해 5월 26일 시라카와 대장은 상해병원에서 숨졌다."

윤,봉,길. 나는 유리전시장 앞에 얼어붙었다. 머리카락이 철수세미처럼 뻣뻣해지면서, 주먹, 쥐어졌다. 쩡, 하마터면 대형유리를 박살낼 뻔했다. 크게 숨을 들이마시지 않았더라면.

가미카제 인간어뢰, 소년특공대

2층에 올라가면 중세 이후의 쇼군과 사무라이들의 투

구며 방패, 칼, 유서들이 전시되어 있다. 다시 1층으로 내려가면 큰 중앙홀이 있다. 거기엔 당시의 탱크와 어뢰들, 옥쇄한 병사들의 시꺼멓게 그을린 철모들, 권총, 할복자살에 쓰인 녹슨 칼들, 유서, 일본군기, 제식훈련용 소총 따위가 전시되어 있다.

죽음으로 황은(皇恩)에 보답한 가미카제 로켓특공대(神風ロケット特攻隊)의 비행기도 1층 공간에 전시되어 있다. 폭탄만 옮길 수 있도록 비행기의 크기는 작은데, 앞부분이 길고 크다. 비행기 뒤를 배경으로 전투하는 장면이 화려하게 펼쳐져 있다.

말로만 듣던 인간어뢰(人間魚雷)도 처음 보았다. 대략 6~7미터 정도의 길이인데, 머리부분은 어뢰폭탄이 설치되어 있고, 사람 한 명이 가까스로 쪼그려 앉을 수 있는 조종석이 인간어뢰정 한가운데 위치해 있었다.

곳곳에 전쟁패배로 우는 아이들 모습, 미군의 폭격으로 파괴된 사진들이 여기저기 붙어 있다. 내가 만일 일본 아이였다면, 저런 사진을 보면서 복수심이 불긋불긋 치솟았을 법하다. 아닌 게 아니라 제2차 세계대전 때는 청년이 모자라, 나중에는 소학교 학생들까지 동원하기까지 했다. 폭탄을 안고 적진을 뚫고 들어간 소년특공대는 유명했다. 그때 죽은 아이들이 신으로 등록되어 있고, 폭탄을 안고 뛰어가는 소년특공대 조형물도 있다. 여기 자료를 보면, "5만 7,000명의 여성도 신(神)으로 모셔지고, 종군 간호부와 주부, 중학생, 더욱이 2살이 되지 않은 여자 아이도 포함, 다양한 제신(祭神)이 모셔져 있다."고 은근히 강조하고 있다.

우습게도 신으로 등록된 인물 중에는 기독교 목사도 있다. 가톨릭 신자도 있다. 72년부터 전몰 기독교신자들을 야스쿠니 신사 명부에서 지워달라고 가족들과 기독교 단체는 계속 주장하고 있지만, 신사 측은 요구를 거부해 오고 있다. 불교계나 가톨릭계도 비슷한 처지다. 게다가 강제로 징용된 대만인, 만주인, 한국인 등이 범벅으로 신으로 등록되어 있다. 죽어서도 해방되지 못한 조선 출신 영혼들은 2만 636명이다. 다행히 이들은 1995년 여름에 서울로 봉환되었다.

제2차 세계대전이 끝났지만, 맥아더는 야스쿠니 신사를 없애지 못했다. 1952년 일본이 연합군의 통치에 벗어나면서 곧 야스쿠니 신사는 '일본전몰유족회'를 중심으로 다시 살아났다. 남편이 죽은 미망인은 '야스쿠니의 처'라 하여 신성시되었다. 하지만 얼마간 재혼도 힘들 만치 국가의 감시를 받았다.

1960년대 말경부터 경제대국으로 등장하면서, 민족적 자존심을 회복하려는 보수화 물결이 일어, 일본 유족회와 자민당에 의해 야스쿠니 신사 국영화의 움직임이 나타났다. 그 뒤에 '개인 자격'이라는 입장으로 일본의 거의 모든 수상들은 야스쿠니 신사를 참배해왔다. 이런 흐름에

야스쿠니 신사에 참배하는 히로히토 천황.

1980년 초부터는 전몰자 위령비가 각지에 세워졌다.

쇼와 20년(1945년) 8월 15일, "영원한 다음 세대를 위해 평화를 회복해야 한다"는 조서에 눈물을 삼키며 종전을 맞이했다. 그 뒤 36년 오로지 조국 건설을 위해 애쓰면서, 우리는 세계의 대국이 되었다. 생각해보면 태평양전쟁은 자존자위(自存自衛)를 위해, 일본의 존망(存亡)을 걸고 억압받는 아시아 민족의 해방과 만국공영을 이루기 위한 성스러운 전쟁이었다. 일본은 비록 패망했으나 아시아 국가는 차례로 독립과 자유의 영광을 획득한 것은 세계 역사상 유례없는 장엄한 사실이다.

숨막히는 감탄사 나열이다. 여기서 전쟁에서 덕본 사람은 아시아 민중이며, 전쟁 가해자는 미국일 뿐이고, 전쟁 피해자는 일본일 뿐이다.

마침내 1985년 4월 13일에는 매년 8월 15일을 '전몰자를 추도하고 평화를 기원하는 날' 로 정하고, 야스쿠니 신사에서 히로히토 천황이 참배하기에 이르렀다. 한국인에게 광복절인 8월 15일이, 일본의 보수주의자들과 자민당원에게는 야스쿠니 신사를 참배하는 날이 된 것이다. 군국주의 부활을 노골적으로 주장했던 나카소네 수상은 85년 7월 27일 신사를 방문하면서 당찬 말을 남겼다.

"국가를 위해 죽은 사람들에게 감사드릴 장소가 없다면 누가 국가에 생명을 바치겠는가."

이 말에는 야스쿠니 신사가 일본 제국주의의 침략전쟁을 성전(聖戰)으로 미화시키고 전사자를 신으로 모시는 '군사적 종교시설' 이라는 사실, 여기 있는 전사자들이 아시아 각국에 어떤 목적으로 동원되었는지는 안중에도 없다.

야스쿠니, 평화의 나라?

야스쿠니[靖國]. 이 말은 '평화로운 국가' 라는 뜻이다. 일본어 사전을 보면, '나라도 진정(鎭定)할 힘' 이라고 짧게 나와 있다. 진정(ちんてい, 鎭定)이란 말은, '눌러 조용하게 만들다' 란 뜻이다. 사전을 보니, 비로소 이해가

가능해진다. 야스쿠니 신사는 일본과 세계를 눌러 조용하게 만들어버리는 상징물이다. 이 신전을 만든 메이지 천황은 평화를 꿈에도 그리워하며 15년전쟁을 일으켰고, 히로히토 천황은 태평양전쟁을 일으켰다.

제2차 세계대전 뒤 나치세력에 저항했던 세력이 정권을 잡은 독일 정권과는 달리, 일본은 전쟁에 앞장섰던 군국주의자들이 그대로 있기 때문에 반성할 리가 없다. 반성을 하면 앞선 정권을 전부 부정하는 모순이 생기기에, 진정한 반성은 불가능하다.

야스쿠니 신사에 가본 적이 있냐고 10명 정도의 대학생에게 물었을 때, 가봤다고 한 일본 대학생은 한두 명 정도다. 정치와 역사 문제는 대다수 일본 젊은이들에게는 관심 밖이다. 때문에 일본의 군국주의를 걱정할 필요가 없다고 말하는 사람도 있다. 그러나 다나카 선생은 고개를 가로젓는다.

"바로, 그게 문제죠. 역사에 무관심하고 깊이 있는 가치관을 갖고 있지 않은 인간은 언제라도 부화뇌동하기 쉽죠. 따지고 보면 일제시대 때도 마찬가지였죠. 아무것도 모르는 착한 농부들이 아시아 각국에 가서 끔찍한 사건을 저지르고, 돌아와서는 태연하게 밭을 가는 착한 동네 아저씨로 돌아오는 거예요. 자기가 한 일이 무슨 짓인지도 모르죠. 비어 있는 가치관 속으로 다시금 군국주의의 물결이 파고들 수도 있죠. 요즘 일본의 젊은 애들이 그래요."

어떤 사람들은 야스쿠니 신사가 메이지 시대와 과거의 상징에 불과하다고 말한다. 몰라서 하는 얘기다. 아직도 일본에서 '벚꽃 핀 날'을 결정하는 기점은 야스쿠니 신사 경내에 벚꽃이 피는 그날이다. 내가 사는 아파트 앞마당에 벚꽃 놈이 기를 쓰고 꽃잎을 빨리 피워올려도 전혀 소용이 없다. 바꾸어 말하면, 일본의 봄을 알리는 신호는 아직도 야스쿠니라는 상징이다. 국민의 심리에 야스쿠니는 은근히 좋은 이미지로 심기고 있는 것이다.

한국전쟁을 계기로 7만 5,000명으로 조직된 자위대는 야스쿠니 신사를 애국정신 함양 형성의 장소로 삼고 있다. 죽은 자위대원들이 모셔지기 시작하여 465명에 달하는 자위대원들이 신으로 등록되어 있다. 1992년 8월 15일, '전몰자를 추도하고 평화를 기원하는 날'을 맞아 일본 무도관에서 일본 정부 주최로 아키히토 천황과 황후, 미야자와 수상 등 약 6,200명의 유족들이 참석한 가운데 전몰자 추도식이 열렸다. 1995년에도 열렸다. 이런 상황에서 자위대 PKO(유엔평화유지군)는 일본의 진보적 지식인들에게는 우려할 문제가 아닐 수 없다.

끓는 마그마는 보이지 않는다

1996년 6월 24일 제주도 한일 정상회담이 있었다.

월드컵 공동개최를 다짐하던 그날 하시모토 류타로[橋

本 龍太郞] 수상은 사과했다.

"65년 일한관계 조약이 체결될 당시 일본 학생들을 이끌고 한국을 방문했으며, 이때 불행했던 현실을 직접 경험했다. 예를 들면 창씨개명은 학교에서 배우지도 못했다. 그런 행위가 한국 국민에게 얼마나 큰 마음의 상처를 주었는지 상상도 못한다. (중략) 마음으로부터 사과와 반성의 말씀을 드린다."

마치 30년 전부터 한국의 역사적 문제를 인식해온 양말하고 있다.

그는 정말 30년 전부터 그랬을까.

30년 전부터 그랬던 인물이 우익단체인 '일본 유족회'의 회장을 지냈는가. 30년 전부터 반성했던 사람이, 야스쿠니 신사에 참배하는 국회의원 모임의 회장을 지냈는가. 30년 전부터 반성했던 사람이, 94년 10월에는 "2차대전은 침략전쟁이라고 볼 수 없다."고 말했는가. 30년 전부터 반성했다는 사람이, 종군위안부 문제는 전 수상 호소카와(細川)의 일이라고 외면했는가. 물론 총리 취임 후 자제하고 있지만, 그의 사과는 진정한 본심(本音 : 혼네)이라기보다는 껍데기말(たてまえ : 다테마에)에 불과하다. 이런 태도는 일본 정부의 현재 상태를 반영하기도 한다.

강력한 정부를 지향하는 그가 쓴 저서 중에, 검도 복장을 입고 검을 처든 표지의 책까지 있다. 아닌 게 아니라

「아사히신문」 6월 24일자에는 "한국의 공로명 대사가 '피해자들이 납득할 만한 해결을 기대하고 싶다' 고 부탁해서 일본이 사과했다"는 '한국 측의 주문' 이란 제목의 기사가 실려 있다. 자진해서 한 사과가 아니라, 마지못해 했다는 거다.

일본의 겉은 녹색의 푸른 초장이지만, 속은 끓는 마그마를 숨기고 있는 나라인지도 모른다.

내가 이런 말을 하니까 한 일본인 국립대학 교수가 카페에서, 목젖에서 한 번씩 걸렸다 튀어나오는 말투로 말했다.

"맞아요. 일본, 무서운 나라예요. 정치가들은 반대세력을 교묘히 드러나지 않게 하죠. 감추는 데 능한 나라예요. 국민들은 정치가가 뭘 생각하는지 모르죠. 반대세력이 그대로 드러나는 한국이 오히려 자유로운 나라입니다."

야스쿠니 신사 앞에서 가끔 벌어지는 기독교인들의 데모행렬은 텔레비전에 방영되지 않는다.

물론 일본은 미국의 군비 확대 권유를 교묘히 피해가며 이익을 챙겨왔다. 소수 우익인사를 제외하고는 누구도 군국주의의 부활을 원하지는 않기에, 일본의 군사행동에 대해 과민반응을 보일 필요가 없다고 주장하는 자도 있다. 문제는, 일본의 역사는 바로 '소수의 지도자(オヤジ, 오야지) 들에 의해 이루어져왔다는 사실(史實)이

다. 또한 일본이란 나라는 1868년 이전까지 본래 계급적 무가(武家)사회이고 '아직도 군대적 질서'가 내부사회에 존재해 있다. 일본의 국방예산은 세계 2위이고, 기술이나 경제적 능력 면에서 자력으로 어떠한 최신장비라도 언제든지 개발할 수 있다. 일본이 재무장을 위해 착실히 준비해왔다고 주장하는 한 연구자는 말한다.

"일본이 영원히 칼을 뽑지 않는다는 보장은 없으며, 일단 뽑아진 칼은 아시아 대륙을 지향할 것이 확실하다." (이도형, 「일본의 재군비」, 『일본의 현대화와 한일관계』, 문학과 지성사, 1992.)

1996.

야스쿠니 신사와 사카모토 료마

박물관 이야기

모든 박물관은 이야기를 품고 있다. 박물관이 품고 있
는 이야기를 '박물관 이야기'라고 한다면, 우리는 모든
박물관을 텍스트로 읽을 수 있고, 비평할 수 있겠다. 따
라서 모든 박물관은 문학비평의 대상이 될 수 있다.

일본의 야스쿠니 신사[靖國神社]는 하나의 거대한 정
신적 박물관이다. 야스쿠니라는 말을 들으면, 사무라이
의 투구를 연상시키는 둔중한 곡선의 지붕 앞에 고개 숙
인 검은 정장의 일본인 정치가를 떠올릴 이도 있겠다.

야스쿠니 신사에 가면 꼭 들러야 할 곳이 있다. '신이
노니시는 곳'이라는 의미를 지닌 유슈칸[遊就館]이라는
전시관이다. 전함에 돌진하여 자폭하는 '인간어뢰'나,
날개를 쥐고 흔들면 흔들릴 정도로 가벼운 자살폭격기,
전사자들의 일기, 유품, 출전하기 전에 쓴 혈서 등을 보며

현대적인 디자인의 전시관으로 탈바꿈한 유슈칸.

'광적인 군국주의'를 회상할 수도 있겠다. 하지만 우익적인 일본인들이 야스쿠니 신사에서 느끼는 것은 부정적인 이미지가 아니라, 종교적인 성스러움일 것이다. 이곳은 1853년 개항 이후 태평양전쟁까지 전쟁에서 숨진 246만 명의 전몰자(戰歿者)가 모두 주신(主神)이 되어 '모셔져' 있는 성소(聖所)인 것이다. 246만 명의 신들을 찬미하며 '영혼의 축제(みたま祭り)'가 벌어지는 축제의 성전인 것이다. 더욱이 야스쿠니 신사는 메이지 신궁, 노기 신사와 더불어 국가적 영웅을 모시는 '국가주의 신사'

곧 국가가 공인하는 예배당이라는 것을 생각할 때, 야스쿠니 신사를 단순한 관광지로 생각할 수 없는 커다란 괴리감을 느끼게 된다. 야스쿠니 신사는 그만치 일본 문화혹은 일본 정신의 핵심부에 자리잡고 있다.

이제까지 유슈칸은 흰 머리의 노인들이나 방문하는 추억의 역사관이었다. 2002년 7월 13일, 창립 120주년을 기념해서 유슈칸은 외부의 전시물을 건물내부로 끌어들이고 대형유리로 마감하여 현대적 디자인의 전시관으로 탈바꿈했다. 이전의 웅대한 대리석 입구를 현대적 감각으로 건축해서 젊은 커플의 데이트 코스로 이용되기도 한다. 세련된 디자인과 함께 흐르는 전자음악은 젊은층의 호감을 끌고 있다.

야스쿠니 신사의 유슈칸에 들어가면 왼쪽에 휴게실과 기념품점이 있고, 오른쪽에 2층으로 올라가는 에스컬레이터가 생겼다. 대형 유리 안에 새로 시원하게 만들어진 입구다. 그 에스컬레이터를 타고 올라가면, 전시관 입구 바로 옆에 한 인물의 초상화가 걸려 있다. 사카모토 료마[坂本龍馬, 1835~1867]의 초상화다. 사카모토 료마는 1883년(메이지16년) 5월에 야스쿠니 신사에 합사(合祀)되어졌다. 하지만 증축되기 전의 유슈칸에는 사카모토 료마의 사진이 입구에 걸려 있지 않았었다. 그런데 이번에는 전시관 입구에 제일 먼저 사카모토 료마의 초상화가 자리잡고 있다.

사카모토 료마는 일본뿐만 아니라, 한국에도 잘 알려져 있다. 시바 료타로[司馬遼太郎, 1923~1996]의 한국어판 『료마가 간다(龍馬がゆく)』(창해출판사)는 이미 오래전에 '제국의 아침'이란 이름으로 번역되어 스테디셀러로 팔렸었다. 또한 도몬 후유지[童門冬二]의 『사카모토 료마』와 미조우에 유키노부의 『사카모토 료마와 손정의의 발상의 힘』(지식여행)은 료마를 '성공한 CEO'로 소개했다. 이뿐만 아니라, 김무곤 교수는 『NQ로 살아라』(김영사)에서, 사카모토는 자신의 공을 타인에게 돌리고 다른 사람의 능력을 먼저 인정해주었던 인물로, 높은 공존지수를 보여주는 인물이라고 평가했다.

료마는 왜 일본과 한국에서 영웅이 되어 있을까. 게다가 왜 야스쿠니 신사의 입구에 그의 초상화가 놓여 있을까. 한 인물이 첫 장면에 놓인다는 것은 박물관의 이야기와 어떤 관계가 있을까. 사카모토 료마의 이야기를 소설로 살려낸 시바 료타로는 야스쿠니 신사와 어떤 관계가 있을까.

사카모토 료마와 야스쿠니 신사

막부(幕府) 설립 이후 일본은 엄격한 신분구조로 나누어져 있었다. 최고 통치자인 쇼군[將軍]을 정점으로, 녹봉 1만 석 이상의 한슈[藩主, 한의 영주]인 다이묘[大名]와 한슈에 속한 무사, 농민, 기술자, 상인의 순서로 서열

이 매겨졌다. 무사는 다시 조시[上土]라 불리는 상급무사와 가시[下土], 고시[鄕土]라 불리는 하급무사로 나뉘는데, 이러한 신분구조는 일상생활까지 엄격하게 구분할 정도로 철저히 지켜졌다. 바로 이 시기, 사카모토 료마는 1835년 11월 15일, 토사 번[土佐藩, 지금의 코우치현]에서 하급 무사의 아들로 태어났다.

시바 료타로의 소설 『료마가 간다』는 사카모토 료마를 가장 아꼈던 누이 오토메[乙女]와 대화 나누는 장면부터 시작한다. 료마는 어릴 때는 공부도 잘 못했고, 늘 '울보 료마'로 불리며 바보 취급받곤 했다. 어디에서든 쫓겨나기 일쑤였고, 선생이 포기해버릴 정도였다. 료마의 어머니는 그가 12살 때 돌아가셨는데 3살 위인 막내누이 오토메가 어머니 역할을 했다. 그리고 료마의 성장에도 큰 역할을 했다.

1852년, 열아홉 살 때 료마는 에도로 올라가 본격적으로 검술수업을 쌓기 시작한다. 에도에 올라온 첫해, 1853년 미국의 페리 제독이 군함 네 척을 이끌고 와 개항을 요구하는 '쿠로후네[黑船] 사건'이 일어난다. 이에 자극을 받아 '존왕양이(尊王攘夷)' 주의자들과 사귀게 되었고, 그들의 영향을 받게 된다. 존왕양이파였던 료마는 당시 서양을 모방하려는 카쓰 카이슈[勝海舟]를 죽이러 간다. 그런데 "일본은 외국의 발달한 지식과 기술을 배워야 한다."는 카이슈의 말에 되레 감동받고 그의 제자가 된다.

료마의 전설은 이때부터 시작된다.

첫 번째 료마의 전설은 지금의 종합상사라 할 수 있는 해원대(海援隊)를 결성했던 일이다. 카이슈의 영향을 받은 료마는 카이슈를 도와 고베 해군조련소 설립에 참가하고, 일종의 '군사상사(軍事商社)'인 해원대를 설립했던 것이다. 이것은 일본이 나아가야 할 길을 보였던 첫걸음이었다.

두 번째 료마의 전설은, 원수지간이었던 사쓰마 번과 조슈 번을 화해시킨 일이다. 료마는 일본의 미래를 위해서는, 양자를 체결시킬 필요가 있다고 판단한다. 해원대를 통해 당시 막부로부터 무기수입이 금지되어 있던 조슈에는 사쓰마 번[薩摩藩, 지금의 가고시마현]에서 무기를, 쌀이 부족하던 사쓰마에는 조슈 번[長州藩, 지금의 야마구치현]에서 쌀을 지급시키는 것으로 '삿조[薩長]'동맹을 체결시켰던 것이다. 이 삿조동맹의 체결은 메이지유신[明治維新]을 일으키는 원동력이 된다. 그 중심에 바로 사카모토 료마가 있었다.

세 번째 료마의 전설은, 메이지 정권의 국가적 틀을 만들어낸 것이다. 삿조동맹 이후 양자가 한 공동체가 되며, 그 다음에는 막부와 각 번을 하나로 하기 위해 정권을 막부에서부터 조정으로 반환시킬 '타이세이호칸[大政奉還]'을 추진했다. 당시 어느 누구도 막부 타도 후의 일본이라는 나라에 대해 비전을 제시하지 못했다. 이때 료마는 배 안에서 구상한 여덟 가지 방책, 곧 선중팔책(船中八策)을 제안한다. 이 선중팔책이 근대 일본의 국가적 기틀을 마련하는 기본적인 역할을 했다. 사카모토 료마의 큰 특징은 양이파, 개국파 등 사상에 관계없이 많은 사람들과 접한 것이다. 그는 통일성이 없었던 일본을 한 국가로 만들어냈다. 아쉽게도 '타이세이호칸[大政奉還]' 한 달 뒤인 1867년 12월 10일 료마는 친구인 나가오카 신타로와 함께 교토에 있는 오우미야[近江屋]에서 암살당한다. 그의 희생의 결실인 양, 일본은 메이지 유신을 맞이한다.

료마가 당시 일반 사무라이들과 다른 점은 해외에 눈을 돌렸다는 점과 철저한 행동력을 갖췄다는 점이다. 어릴 때 바보로 불렸던 료마가 근대화에 앞장서서 온몸을 불사르다 서른세 살의 나이에 자객의 칼에 암살되기까지, 그의 인생은 일본 근대화의 중추적 역할을 했다. 넓은 시야를 지니며 원활하게 정권교체를 실현시킨 사카모토 료마. 그의 외교적 수완은 높은 평가를 받아 아직까지 일본인에게 난세의 영웅으로 인정받고 있다. 현재도 매년 12월 10일에는 교토에서 위령제가 시행되며 전국에서 많은 료마 팬들이 모여온다.

시바 료타로의 일본판 오리엔탈리즘

사카모토 료마를 일본인의 뇌리 속에 깊게 각인시킨

사카모토 료마.

사람은 시바 료타로라는 일본의 대표적 국민작가다. 시바 료타로의 『료마가 간다』는 철저한 현장 답사와 고증, 풍부한 자료 수집과 엄밀한 사실 추적으로 이루어진 작품이다. 이 글에서 소개한 사카모토 료마의 간략한 생애는 그 소설의 줄거리를 요약한 것이다. 이 작품을 통해 시바 료타로는 제2차 세계대전 패전 후, 역사적 정체성을 잃어버렸던 일본인들에게 큰 비전과 자신감을 불어넣어 주었다.

시바 료타로가 1962년 6월부터 4년 간 산케이신문에 연재한 8,000매 분량의 장편소설 『료마가 간다』는 출판되자마자 밀리언셀러가 되었고, 현재까지 1억 부 이상이 팔리면서 현대 일본인들 사이에 이른바 '료마 전설'이 확산되어 갔다. 이후 국영 NHK는 이 소설을 대하드라마로 또 스페셜 프로그램으로도 여러 번 방영했다. 또한 2000년을 맞아 「아사히신문」에서 기획한 밀레니엄 특집 '지난 천년간 최고의 정치지도자' 설문조사에서 사카모토 료마가 1위에 올랐다. 일개 변방의 하급무사가 도쿠가와 이에야스[德川家康]나 오다 오부나가[織田信長]와 같은 전국시대의 영웅들보다 존경과 사랑을 받은 것이다. 또한 컴퓨터 게임도 발매되어, 시뮬레이션 롤플레잉 게임 '유신의 폭풍' 시리즈에서도 사카모토 료마가 주인공이다.

료마 이야기를 쓴 시바 료타로도 일본인에게 영웅이 되었다. 2000년 6월 29일자 「아사히 신문」에 나온 '천년의 문학자'라는 인기투표에서, 1,000년 동안 활동해온 일본인 작가들 중에 시바 료타로라는 존재는 3위를 차지하는 영웅적 문학인인 것이다. 과연 그가 일본인에게 무엇을 주었기에 이들은 시바 료타로를 이리도 높게 평가하고 있을까. 답은 간단하다. 시바 료타로가 일본인에게 잃었던 민족적 자존심을 회복시켜 주었기 때문이다.

전쟁으로 얻어맞아 찌부러진, 민족적 자긍심을 빼앗긴 일본인. '민족적 자긍심'이라는 말 자체가 일종의 터부가 되어, 전쟁 중 군국주의를 연상시키는 말로서 규탄되어지는 환경에 처했던 일본인. 그 일본인이 마침내 간신히 자신을 회복하기 시작했던 고도 경제성장기에, 『료마가 간다』를 비롯하여 일군의 시바 료타로의 작품이 등장했다. 이러한 작품은 고도성장에 의해 만들어진 '대량의 실무가적(實務家的) 생활자층'을 중심으로 압도적으로 지지받기에 이르렀다. (중략) 나 자신도, 일본의 근현대사를 보는 시각을 근본적으로 바꿀 수밖에 없었던 최초의 계기를 부여해준 것은, 다름 아니라 시바 료타로의 작품을 접하고 나서이다.

이른바 '자유주의 사관'을 주장하여 문제의 『새로운 역사 교과서』(2001)를 만들었던 후지오카 노부카쓰[藤岡信勝] 교수의 말이다. 물론 이 소설은 '메이지 유신 이후의 근대 국민국가 완성'이라는 자랑스러운 성공담을 '국민적' 층위에서 윤색한 최대의 성공작이다. 료마는 고도 성장기에 기업일꾼들이 배워야 할 영웅이 되었고, 작가 시바 료타로는 이로써 근대 일본을 '성공 이야기'로 자신있게 내놓아, 패전 후 자신감을 잃은 일본인들에게 거대한 자신감을 불어넣은 이른바 '국민작가'가 되었던 것이다.

그렇다면 시바 료타로가 일본이 아닌 다른 아시아 나라를 보는 시각은 어떠할까. 그가 일본을 '성공 이야기'로 소개하는 방법은 중국과 한국을 비교하는 이른바 '시바사관(司馬史觀)'을 통해서다. 그는 중국을 유교주의로 점점 퇴보하는 나라로, 김대중 사건이 일어났던 한국을 조선시대로 퇴보하는 나라로 묘사하며 앞서가는 일본을 내세운다. 이성시 와세다대학 교수는 '시바사관'의 한 단면을 다음과 같이 설명한다.

> 시바가 그려낸 성공 이야기의 골격이 확실해질 것이다. 즉 법가의 나라 · 문명 · 합리적 · 상품경제 · 자유 · 개인 · 근대자본주의라는 흐름 속에서 근대 일본의 성공 이야기가 자리잡고 있으며, 이에 대해 중국과 한국은 유교의 나라 · 문화 · 불합리 · 억상(抑商)정책 · 가족주의 · 대정체라는 대칭항목으로서 묘사, 일본과는 근본적으로 구별하는 작업이 시도되고 있다.
>
> 이성시, 『만들어진 고대』, 삼인, 2001.

법가의 나라 일본은 성공했고, 유교의 나라 중국과 한국은 대정체를 겪고 있다는 생각, 이른바 시바 료타로의 자세는 '일본판 오리엔탈리즘'에 지나지 않다는 것이다. 왜곡된 교과서를 만드는 데 중심적인 역할을 했던 도쿄대학의 후지오카 노부카쓰[藤岡信勝]는 시바 료타로의 역사적 시각을 ① '도쿄재판사관'에 반대되는 건강한 내셔널리즘, ② 높은 정신을 되살려낸 리얼리즘, ③ 좌우 이데올로기로부터 자유, ④ 관료주의 비판을 특징으로 한다고 소개하면서, "'시바사관'이 '자유주의 사관'이라고 불리기에 어울리는 내실을 담고 있다는 것을 명확히 한다."고 내세우기 시작한다. 여기에서 '자유주의 사관'이 탄생했고, 『새로운 역사 교과서』가 탄생했던 것이다. 사카모토 료마에서부터 시작된 시각은 러일전쟁이나 태평양전쟁에 대한 논리도 바꾸어놓는다. 『새로운 역사 교과서』를 보자.

① 러시아가 만주에 병력을 증강하고, 조선 북부에 군사기지를 건설했다. 그대로 말없이 보기만 한다면, 러시아의 극동에 있어 군사력은 일본이 도저히, 맞겨룰 수 없을 정도로 증강하게 되어질 것이 명확해졌다. 정부는 때가 늦어질 것을 염려하여, 러시아와 전쟁할 결의를 다졌다.

② 일본 정부는 이 전쟁을 대동아전쟁으로 명명했다.(전후, 아메리카 측은 이 명칭을 금지하기 위해 태평양전쟁이라는 용어가 일반적이 되었다.) 일본의 전쟁목적은, 자존자위(自存自衛)와 아시아를 구미의 지배에서 해방시켜, 그래서, '대동아공영권'을 건설하는 것에 있음을 선언했다.

①은 러일전쟁이 '조국방위전쟁'이었다는 설명을 하고 있다. ②는 태평양전쟁이 아시아를 백인 인종주의에서 해방시키기 위한 전쟁이었다고 설명하고 있다. 이렇게, 『새로운 역사 교과서』를 만든 사람들, 이른바 극우들이 시바 료타로를 일본 우익정신의 근본으로 본 것을 알 수 있다. 이러한 '시바사관'의 인큐베이터에서 사카모토 료마는 다시 태어났으며, 『새로운 역사 교과서』를 만든 우익의 사상이 더해져, 사카모토 료마의 초상화는 야스쿠니 신사의 입구에 놓이게 된 것이 아닐까. 우리는 『새로운 역사 교과서』의 움직임이 단순히 지면을 넘어, 박물관이라는 거대한 교과서의 체계를 다시 세우고 있음을 목도하는 것이다. 동시에 우리는 '사카모토 료마—시바 료타로—자유주의 사관—『새로운 역사 교과서』—야스쿠니 신사 유슈칸'으로 연결되는 고리를, 유슈칸에서 명확히 목격하게 된다.

사실과 공생의 자존심

모든 박물관에는 이야기가 있다. 야스쿠니 신사에도 이야기가 있다. '유슈칸 이야기'의 시발은 사카모토 료마로부터 출발한다. 사카모토 료마의 이야기에는 셀 수 없이 많은 사람이 죽는다. 시바 료타로는 그것을 자랑스러운 역사로 묘사한다. 난세의 소용돌이 속에서 정직하

가미카제의 실제 비행기, 550킬로그램의 폭약을 머리 부분에 둔 거대한 1인용 인간어뢰 '가이텐[回天]'.

고 기개 있는 많은 사람이 영웅으로 서술되어 있는 소설, 그 위에 천황을 위해 죽으면 신이 되는 야스쿠니 신사의 영상이 겹쳐지는 것은, '잔혹한 근대'를 체험한 한국인인 필자만의 과민반응일까.

만약 이러한 연결고리를 감동하며 받아들인 사람이 사카모토 료마의 초상화를 시작으로 유슈칸을 관람하기 시작했다고 하자. 2층에 메이지 시대 이전에 수많은 전쟁 때 사용되었던 칼과 무장들이 장식된 '무인의 마음'이란 전시실을 지나, 메이지 유신, 서남전쟁, 야스쿠니 신사의 찬미, 일청전쟁, 일청전쟁에서 만주사변, 지나사변을 지나, 1층으로 내려가면 다섯 개로 이어진 대동아 전쟁실, 세 개의 방으로 연결된 야스쿠니의 신들의 방, 그리고 탱크, 사람이 탔던 인간어뢰 가이텐[回天] 등과 만나면서, 그 사람은 이 박물관 기행을 통해 성스러운 '성지순례(Pilgrimage)'를 체험하게 될 것이다.

시뮬래이션이 아닌 가미카제의 실제 비행기, 550킬로그램의 폭약을 머리 부분에 둔 거대한 1인용 인간어뢰 '가이텐[回天]'을 보면, 저것 때문에 죽은 미군이나 아시아 사람들을 상상하기는커녕 그것으로 자기의 몸을 바쳤던 자살특공대의 선연함에 감동하기에 이른다. 러일전쟁관을 보면서 러시아로부터 일본을 지킨 '조국 방위전쟁'에 감동할 것이며, 대동아전쟁관을 보면서 백인의 인종차별로부터 아시아를 독립시키려 했던 '대동아(大東亞)전쟁' 정신으로 감동할 것이다.

사카모토 료마의 초상화는 아시아를 해방시키려는 불같은 전사(戰士)로 웅대하게 보이지 않을까. 출구로 나오기 전에, 마지막으로 전시된 미군의 화생방 공격으로 타버린 건빵이나, 타버린 철모나 수통을 보면, 그때 희생되었던 일본인 병사를 위해 자기도 모르게 경건하게 묵도하기에 이를 것이다.

이야기의 힘은 이렇게 강하다. 사람에게 울림을 주고, 사람을 변화시킨다. 유슈칸의 입구에 놓인 별로 크지 않

'복동(伏童)'이라고 불렸던 소년 유격대.

은 초상화 하나가 이토록 '유슈칸 이야기'의 중요한 흐름을 형성하는 것이다. 그것은 일본만이 아시아를 위해 존재한다는 선민의식과 '일본판 오리엔탈리즘'의 표현이다. 이 안에 들어오면, 제2차 세계대전 당시 일본이 자국의 해외진출을 정당화시키는 표어로 사용했던 '팔굉일우(八紘一宇)', 곧 전 세계가 일본을 중심으로 하나가 된다는 국가중심주의가 작용하고 있음을 본다. 그 국가주의는 이들이 말할 때 '민족적 자존심'이지만, 타자로서 볼 때는 배타주의 혹은 선민주의에 지나지 않는다. 그 배타주의를 만날 때, 감동보다는 허탈한 웃음이 나온다.

유슈칸에 갈 때마다, 필자는 작은 소년병 동상 앞에서 말을 잊고 한참 서 있곤 한다. 이 소년 유격대는 태평양 전쟁 말기에 15살에서 19살 사이의 소년들에게 잠수복을 입혀, 적함의 밑바닥을 기뢰(機雷)가 달린 창으로 박아 폭파시키면서 장렬하게 자결했다고 한다. 이 소년병을 '복동(伏童)'이라고 부른다. 특별한 훈련이 필요 없이 적을 죽이고, 야스쿠니의 신이 될 수 있었던 소년병. 그러나 사실 많은 소년병들이 그저 익사해서 죽었다고 한다. 이것을 비극(悲劇)이라 해야 할까, 희극(喜劇)이라 해야 할까.

숙연해지기보다 쓴웃음이 나올 수밖에 없는 것은 왜곡된 국가적 자존심에 의해 목숨을 버리고 있기 때문이다. 물론 '국가적 자존심'을 내세우는 것에 대해 비난할 필요는 없다. 어느 나라나 그것은 필요한 정서다. 그러나 그것이 첫째, 사실에 근거한 판단에 기초한 '사실적인 자존심'이냐 하는 잣대를 물어야 할 것이다. 둘째로, 그것이 이웃 나라와 더불어 역사의 미래를 위한 '공생(共生, symbiosis)의 자존심'이냐 하는 문제를 따져보아야 할 것이다. 유감스럽게도 야스쿠니 신사의 민족적 자존심은 두 가지 모두에게서 빗겨나 있다.

이러한 사실적이며 공생을 향한 민족적 자존심을 한국인은 갖고 있느냐고 묻는다면 필자는 별로 자신이 없다. 야스쿠니 신사의 배타주의를 자신 있게 나무랄 만한 한국인의 '박물관 이야기'는 어디에 있을까. 적어도 한국의 독립기념관을 보면 자신 있게 민족적 자신감을 내세우기 어렵다. 당시의 군사정부가 그 정통성을 현시하려고 1987년 8월 15일에 지었다는 것을 말하는 것이 아니다.

첫째, 독립기념관의 공간은 '이승만 사상'을 근간으로 한 우익정신만이 이야기의 중심이다. 그 이야기에 포함될 수 없는 북만주 항일투쟁이나 일본 내에서 조선을 사랑했던 일본인에 대한 기록은 배제되어 있다. 그래서 마지막에 밀랍인형의 중심에는 이승만이 앉아 있고, 김구나 모든 인물은 주변에 배치되어 있다.

둘째, 한국의 독립기념관 역시 국수주의에 갇혀, 배타주의적인 우익정신의 이야기에 사로잡혀 있는 것이 아닐까. 일테면, 관동대진재 조선인학살사건 이후 식민지 조선인을 살리기 위해 애쓴 요시노 사쿠조[吉野作造, 1878~1933] 같은 일본인도 전시 소개되어야 할 것이다. 공생

(共生)의 상상력이 사라진 배타주의 원칙은 야스쿠니 신사나 독립기념관이나 마찬가지가 아닐까.

셋째, 실물도 많지만, 시뮬레이션과 세련된 가공전시물이 너무 많아, 디즈니랜드 같은 놀이동산에 다녀온 느낌도 있다. 배타주의를 기초로 해서 만들어진 고문실이나 시뮬레이션 등을 외국인이 보았을 때, 감동보다는 쓴웃음이 나오는 것을 그 공간을 지은 사람들은 알고 있을까. 전시상태로 보면 야스쿠니 신사가 훨씬 감동적(?)이라 한다면 매국적 행위일까.

밀랍인형들 앞에 앉아 듣는 멘트들이 오직 한국 찬양일 때, "다른 나라와 평화를 도모하여 사는 것이 나의 소원"이라는 김구의 『나의 소원』의 한 구절이 소릇이 그리워진다. 어느 곳에도 공생의 나레이션이 없을 때, 김구 인형이 너무도 초라하게 보인다. 야스쿠니 신사를 생각하면서 우리의 처지도 떠올려볼 때, 그리 즐겁지만은 않은 것은 이러한 까닭이다.

계간 『창작과 비평』, 2004년 봄호.

야스쿠니 신사, 해결될 수 있는가

늦가을, 야스쿠니 신사를 거닐어본다. 무언가 조심스럽고, 표현하기 애매한 사람들의 표정을 다시 읽어본다. 메이지 유신이 일어난 다음해, 1869년 도쿄 구단시타에 창건된 쇼콘샤[招魂社]에서 시작된 이곳에서 나는 일본정신의 똬리 틀고 있는 그늘을 들쳐보곤 한다. 오늘날 동아시아 평화의 걸림돌이 되고 있는 이 신사를 거닐며 생각해본다. 이 신사의 종교성과 국가 이데올로기에 대하여, 그리고 지독하게 꼬여 있는 야스쿠니 문제를 해결할 수 있는 방법은 없는지.

야스쿠니 신사가 우리의 국립묘지와 뭐가 다르냐고 하는 이도 있다. 이 신사에 '인간어뢰[回天]'가 있듯이, 국립묘지에도 인간이 폭탄이 되었던 '육탄 10용사 현충비'가 있다. 그런데 본질적으로 다른 점이 있다. 야스쿠니에 봉안되면 전사자가 아니라, 신으로 '모셔진다.' 살아 있을 때 무슨 짓을 했든 상관없다.

　'나라에 몸을 바친 사람들'을 '신으로 모시는 것은 일
본 이외에는 절대 없다.' 일본이 그렇게 할 수 있는 것은
"일본이 원래 신국이기 때문이고, 따라서 일본이라고 하
는 국체의 다른 곳에서는 찾아볼 수 없는 숭고함을 절실
하게 나타내고 있는 것이다. 이런 고귀한 나라에서 우리
는 태어난 것이다."(靖國神社事務所, 『靖國神社のお話』)

　신이 된 전사자들은, 메이지 유신 때 일어난 내전 보신
[戊辰]전쟁부터 태평양전쟁에 이르기까지, 전사하여 '영
령'으로 합사된 '신'이 246만여 명에 달한다. 전사자를
신으로 꾸미기 위해 여러 장치가 고안된다. 가령 전몰자
의 유골을 봉안하지 않고, 사망자의 이름이 적혀 있는 영
새부[靈璽簿]를 봉안한다. 유골보다 '영'이 중요하다는
것이다. 또한 유골이 아닌 영혼만을 모아 제사를 지낸다
는 뜻의 '합사(合祀)'라는 단어도 야스쿠니 신비화를 강
화시킨다. 마치 예수님의 죽음은 슬픔이 아니라 부활의
기쁨을 위한 과정으로 해석하듯이, 야스쿠니 신사는 죽
음을 영광으로 만드는 종교적 반전을 이용한다.
　1945년 연합국 총사령부는 일본의 정치와 종교를 분리
하도록 했다. 국가와 신도(神道)를 분리하라는 지령을 내
린 것이다. 이때부터 야스쿠니는 국가가 관리하지 않는

민간 종교법인이 되었고, 헌법 20조는 정치와 종교의 분리를 규정, 89조는 종교단체에 대한 공금지출을 금지했다. 일본이 1952년 미군의 점령에서 독립한 뒤, 1956년부터 유족회는 '야스쿠니 신사 국가 호지[護持] 운동'을 전개했다. 그러나 끝내 국회에서 법안이 통과되지 않았다. 유족회가 생각한 것은 수상과 각료들을 공식참배하게 하는 것이었다. 수상이 참배하면 '공무'가 되고, 그것은 곧 야스쿠니의 위상을 알리는 기회이기 때문이다. 일본 정부가 야스쿠니의 예산과 행정을 제공해왔다는 사실은 익히 알려져 있다.

내가 야스쿠니를 목격했던 첫 풍경은 불교와 가톨릭 신자들이 야스쿠니 신사 안에 있는 불교와 가톨릭 신자들을 돌려달라는 데모였다. 오키나와 사람들도 합사를 거부하는 운동을 하곤 한다. 오키나와의 토속종교는 신사가 아닌 터에, 조상들이 신사에 일본 신으로 있으니 통탄할 일인 것이다. 야스쿠니 신사에는 조선인이 2만 1,000여 명, 타이완인이 2만 8,000여 명이 합사되어 있다. 조선인과 타이완인에 다른 나라 사람까지, 합사된 타국 사람은 6만여 명에 이른다. 1979년부터 타이완의 유족들은 야스쿠니 합사를 반대하는 운동을 해왔다.

"야스쿠니 신사에 합사된 2만 8천여 명의 대만인 중의 대다수가 원주민입니다. 그들은 일본의 침략전쟁에 희생

돼 고산의용대를 다녀온 이들이죠. 자신의 의지와는 상
관없이 야스쿠니 신사에 전쟁영웅이 되어 신으로 모셔져
있어요. 전쟁에서 한 번 죽고, 야스쿠니 합사로 또 한 번
죽는 셈입니다."(대만 입법위원 가오진 쑤메이, 「경향신
문」 2005년 11월 21일).

2005년에는 타이완 희생자의 유족들이 혼령을 데려가
려는 전통적인 종교양식을 야스쿠니 앞에서 하려다가 우
익세력들의 방해로 뜻을 이루지 못했다. 이에 대해 일본
정부는 "야스쿠니 합사는 천황이 명한 것"이라는 황당한
대답을 내놓는다. 야스쿠니 참배를 기점으로 하여, 일본
의 우경화는 제19조 사상 양심의 자유 보장, 제20조 종교
의 자유와 정교 분리, 제21조 표현의 자유를 위협하고 있
다. 일장기 게양과 기미가요 반주를 거부한 교사들이 직
무명령 위반으로 처분되기도 하였다. 메이지 시대 '교육
칙어'가 조회시간에 낭독되었을 때, 고개 숙여 절하지 않
아 파면당한 우찌무라 간조[內村鑑三, 1861~1930] 사건
이 100여 년 만에 되살아난 꼴이 아닐 수 없다. 국가종교
임을 숨긴 야스쿠니의 '국가적 제사'는 대만인과 오키나
와인의 토속종교를 억압한다. 나아가 한국인·중국인·
대만인·오키나와인 전사자의 혼을 기묘하게 '점령'하
여, '식민주의적 욕망'을 만끽하는 것이다.

야스쿠니의 단일 민족주의

다카하시 데쓰야[高橋哲哉, 도쿄대]의 『야스쿠니 문제』(역사비평사, 2005)는 도쿄 서점가에서 6개월 만에 30만 부가 팔린 베스트셀러다. 이 책은 종교시설로 알려져 있는 야스쿠니가 사실 종교시설을 빙자한 국가 이데올로기의 '세뇌기관'이라고 지적한다.

야스쿠니에 가면 꼭 보아야 할 곳이, 온갖 전쟁유물을 일본의 전쟁사와 함께 전시해놓은 유슈칸(遊就館)이다. '세뇌 교육장'의 핵심인 유슈칸을 꼼꼼히 보지 않는다면 야스쿠니 신사는 한국의 국립묘지보다 검소한 추모시설에 불과하다. 가수 조영남 씨는 야스쿠니 신사에 갔다 와서 "일반 신사와 다르지 않다. 대단한 장소인 줄 알았다."며 별것 아닌 듯 인터뷰해서 떠들썩했던 때가 있었다. 조 씨는 유슈칸을 꼼꼼히 보았을까.

사실 전몰자를 '추도'하는 곳이 아니라, 전사자를 '찬미'하는 곳이 야스쿠니 신사다. 전사자 신을 찬양하는 것을 '현창(顯彰)'이라고 하는데, 현창을 반복하는 국민들은 자신도 모르게 일왕과 국가를 위해 전사하는 것을 희망하게 된다. 따라서 야스쿠니 신사 참배는 전쟁에 대한 반성이 아니다. 오히려 패전에 대한 반성 혹은 전승에 대한 결의를 다지는 '감정적 행위'로 보아야 한다고 이 책은 말한다. 이러한 과정을 저자는 '감정의 연금술'이라고 한다.

'감정의 연금술'이 노골적으로 드러나기 시작된 때는 1978년 도조 히데키[東條英機] 등 14명의 A급 전범이 '쇼와(昭和) 수난자'라는 이름으로 야스쿠니에 합사되었을 때부터이다. 몇 년 뒤 1985년 나카소네 수상은 "미국에는 알링턴 국립묘지가 있고, 소련에도 무명용사의 묘가 있다."며 공식 참배한다. 그러나 한국과 중국이 거세게 반발했고, 그러자 이듬해부터 나카소네 수상은 야스쿠니에 가지 않았다. 이후 16년 동안 끊겼던 수상의 공식참배를 부활시킨 이는, 기묘한 평화논리를 앞세운 2001년 고이즈미 준이치로[小泉純一郎] 수상이다.

"일찍부터 저는 야스쿠니 참배가 일본이 평화국가로서 맹세하는 하나의 표현이라고 생각해왔습니다. 또 오늘의 평화의 기초를 쌓은 전몰자에 대해서 경의와 감사의 마음을 느끼는 것이 인간의 자연스러운 감정이라고 생각해왔지만, 8월 15일이 가까워지면서 국내외에서 제 의도와는 다르게 인식하는 사람들이 있다는 것을 알게 되었습니다. 앞으로도 한국, 중국, 다른 주변국과 우호적인 관계를 맺고 싶다고 진심으로 생각하지만, 15일에 가는 것이 제 의도와 다르게 인식되는 경향이 있다는 사실이 점점 분명해졌습니다. 그것은 제가 바라는 바가 아닙니다."

「아사히신문」, 2001년 8월 13일

"야스쿠니 참배가 일본이 평화국가로서 맹세하는 하나의 표현"이라고 말하는 고이즈미의 말을 곧이곧대로 믿을 수 있을까. 필자는 그의 말을 본심이 아닌 '겉치레[타테마에, 建前]'라고 생각한다. 그의 말은 철저하게 계산된 극우정치적 발언일 뿐, 본심[혼네, 本音]이 아니다. 그는 '본심'을 잘 감추고, '겉치레'로 상대방을 헷갈리게 하는 데 아주 능한 정치가이다. 고이즈미의 습관은 무엇이든 "적절히 해보겠다"며 애매하게 대답하는 것이다. 그가 어떻게 정치를 해왔는가를 살펴본다면, 평화를 위한 참배라는 등, 대체시설을 만들겠다는 등, 말잔치가 곧 계획된 헛말임을 금방 알게 된다.

2005년 9월 11일 일본 총선거에서 그는 '대박'을 터뜨렸다. 자민당이 선거에서 질 것이라고 외신들은 예상했으나, 그는 반대파들을 전부 제거하고, 선거에서 이른바 '9·11 독주'라는 결과를 얻었다. 놀라운 것은 그가 이미 1년 전에 반대파 제거와 선거승리를 위한 계획을 빈틈없이 짜놓았다는 사실이다. 그가 내세운 우체국 민영화 법안을 국회위원들이 반대하면 국회를 해산시킬 것이고, 그로 인해 반대파를 제거하는 선거전에 돌입할 것이고, 위기의식을 느낀 국민들이 어쩔 수 없이 자민당을 찍어줄 것이라고 그는 정확히 예견했다.

그의 이러한 정치쇼를 일본의 언론은 '고이즈미 게키죠[劇場, 극장]'라고 평가했다. 드라마로 방영되기까지

했던 '고이즈미 극장'이라는 이 단어는 2005년 유행어 1위로 뽑혔다. 1년 동안 절대 다수가 반대하는 우체국 민영화 법안을 그가 줄곧 주장해온 이유는 법안 통과가 목적이 아니라, 반대파 제거에 있었던 것이다. 그는 위기를 느끼면 응결하는 일본인의 독특한 집단심리를 너무도 잘 꿰뚫고 있는 인물이다.

야스쿠니를 참배하는 그의 '혼네'는 다른 곳에 있다. 그는 야스쿠니 신사 참배를 통해 지지기반이 약했던 일본 유족회의 군인은급(恩級)연합 등 우익세력의 지지를 얻어낼 수 있었다. 이 지점에서 고이즈미는 새 역사 교과서 팀과 극우 지지파를 만난다.

해결방법이 있는가. 첫째, 가장 좋은 해결방법으로 야스쿠니가 아닌 새로운 추모시설을 만들자는 주장이 있다. 2005년 6월 20일 한·일 정상회담에서 노무현 대통령은 야스쿠니 신사가 아닌 별도의 추모시설을 만들어줄 것을 요청했다. 고이즈미는 검토해보겠다는 우회적 표현을 썼지만, 이 완곡한 고이즈미 식의 '겉치레'를 순진한 한국 정부는 '본심'으로 받아들였다. 이후 고이즈미는 야스쿠니 대체 추도시설에 대한 예산을 거부했다.

이즈음 충격적인 여론조사가 발표되었다. 10월 17일, 고이즈미 총리의 신사 참배에 대해서 51%가 찬성한다는 조사도 나왔다. 국가적 전몰자를 위령 추모하는 장소로

적당하다고 생각하는 시설에 대해서는 '지금의 야스쿠니 신사'가 45%에 달했고, '새로운 추도시설'이 필요하다고 한 비율은 33%에 불과했다. 열흘 뒤, 패전 60주년을 맞이하여 10월 27일 「요미우리신문」이 여론 조사한 결과에 따르면, 일본 국민 45%가 태평양전쟁을 통해 아시아인에게 피해를 입힌 책임을 "더 이상 느끼지 않아도 된다"고 생각한다는 것이다.

게다가 고이즈미는 다른 추모시설이 생긴다 해도 야스쿠니에 가겠다고 당차게 말했다. 결국 야스쿠니가 아닌 별도시설이 생긴다고 문제가 해결되는 것은 아니다. 본질적으로 A급 전범을 분사한다는 것은, 다카하시 데쓰야 교수가 지적했듯이, 우선 B급, C급 전범문제를 은폐하는 일이기도 하다. 또한 A급 전범은 일본이 미국과 벌인 태평양전쟁에서 패한 책임자에 불과한데, 결국 A급 전범에 대한 합사 철회는 B급, C급 그리고 일본의 국가주의가 온존해 있는 야스쿠니 신사에 면죄부를 주는 꼴이 될 수 있다. 반대로 한국이 엉뚱한 제안을 당할 수도 있다. 필자는 어떤 잡지에서, 한국도 국립묘지에서 베트남전쟁 때 베트남민을 죽인 장군들을 별도로 다른 추모시설로 옮기라는 글을 본 적도 있다. 사실 우리도 베트남 여자를 얼마나 강간했는지, 민간인을 얼마나 살상했는지 반성해 봐야 하겠지만 말이다. 게다가 새로운 추모시설을 만든다 해도 고이즈미와 관료들이 행하는 식의 국가적 차원의 집단적 추모라면, 장소가 어디든 위험하다. 그들은 자위대의 무력행사를 국제평화유지 활동으로 미화하는 데 새로운 추도시설을 악용할 수도 있다. 결국 새로운 추모시설이 궁극적인 대안이 될 수 없다.

둘째, 다른 추모의 방식을 모색해야 한다는 제안이다. "전쟁을 일으키지 않겠다는 고이즈미 수상의 뜻을 나타내면서 전사자의 유족들의 감정을 무시하지 않는 추모의 방식은 어떤 것이 있을까. 그것은 참배·추모하되 그 내용을 '감사'가 아니라 '사죄'로 채우는 일로 가능해질 수 있다."는 말처럼, 일본의 정치가가 야스쿠니 앞에서 눈물로 반성하는 참배를 한다면, 야스쿠니 신사는 그때부터 아우슈비츠 같은 '반성의 장소'로 바뀔 것이다. 그러나 이러한 바람이 가능할까.

현재 그럴 가망성은 제로에 가깝다. 그렇다고 국민의 여론이 정부를 움직여야 하는데, 아쉽게도 일본 국민들은 자신들의 의견을 개진할 방법을 일상 속에서는 찾기 힘들다. 인터넷을 통해 시민들의 의견을 모을 수는 있지만, 주류 언론은 완전히 정부에 예속된 상황이다.

한편 지식인들은 자신들만이 읽는 진보적인 잡지 속에서 자기들끼리 진보적 세계관을 교환할 뿐, 좀처럼 대중적인 시민운동과 결합하지 않는다.

이러한 상황을 비웃기라도 하듯이, 고이즈미는 아시아에서 군사적 역할을 강화하려는 의도를 여실히 드러냈다. 강경우파들로 고이즈미 2기 내각을 구성 발표한 바 있다. A급 전범의 손자인 아베 신조[安部晉三]를 관방장관으로, "야스쿠니에 반대하는 나라는 중국과 한국밖에 없다."는 망언을 되풀이하는 아소 다로[麻生太郎]를 외무상으로 임명하는 '고이즈미 신국방 내각의 폭주가 시작되었던 것이다.

결국 국민의 힘으로 일본의 정치체계가 바뀌는 길 이외에 방안이 없다. 이제 자유의 소중함을 깨닫는 일본인들과 한국인들의 연대가 절실하다. 야스쿠니의 역사를 설명하고, "인류가 전쟁역사를 기억하는 것은, 그것에서 교훈을 헤아려, 비참한 과거를 반복하지 않기 위함이다." 라고 서술한 한국·일본·중국 3국 공동 근현대사 역사교과서 『미래를 여는 역사』(도쿄, 高文硏, 2005)가 출판된 것은 소중한 업적이다. 2005년 12월 5일 노무현 대통령은 고이즈미와 더 이상 정상회담을 하지 않겠다고 했다. 훨씬 전부터 이미 중국의 후진타오 국가 주석은 고이즈미와의 정상회담을 거부했다. 이렇게 한국과 중국이 거부하고 있는데도 고이즈미 이후 일본 총리들은 야스쿠니 참배를 더욱 강조하였다. 배타적 민족주의를 강조하여 자민당 중심의 구심력을 얻으려고 했던 것이다.

2005년 4월 6일 도쿄대에서 열린 학술 세미나에서 "일본이 언젠가 용서받아 양국 공동으로 식민주의 극복과

민주적 여러 가치를 실현하는 메시지를 세계에 전하는 일이 내가 꿈꾸는 것"이라는 다카하시 데쓰야 같은 양심적 지식인의 목소리도 있다. 우리도 시민단체 그리고 모든 개인이 힘을 합하여 양심적 일본인들과 연대해야 할 것이다.

독도나 교과서 문제가 있을 때마다 "일본인은 들어오지 마시오"라고 붙였던 간판을 떼어내고, 더욱 열린 자세로 양심적인 일본 시민들에게 따뜻한 차라도 권해야 할 것이다. 일본인 한 명 한 명의 의식이 야스쿠니 문제에 대해 심각하게 고민할 때, 그 고민이 힘으로 바뀌어 정치세력을 바꿀 때, 그때야 비로소 야스쿠니 신사 문제는 조금 바뀔 것이다. 요원하지만 그것이 이루어질 때까지 잔혹한 낙관주의(cruel optimism)로 인내하고 대화하며 동아시아 시민들이 연대해야 할 것이다.

『빛과 소금』, 2006. 1.

고맙습니다

"매혹에 대한 탐구"

도쿄는 천황궁을 중심으로 마치 미로처럼 도로가 엉켜 있다. 20년 이상 도쿄를 운전했다는 운전사도 네비게이션이 없으면 찾아가기 힘들어하는 길이 도쿄 길이다. 이 미로의 도시에서 고작 13년을 살고 무엇을 알겠는지. 그런데도 일본을 찾아오는 많은 벗들이 내게 길을 물었다. 이제 그 대답을 책 한 권에 모은다. 이 책은 1996년에서 2009년까지 일본에 살면서 쓴 글이다.

독서는 앉아서 보는 여행이고, 여행은 걸으며 읽는 독서다. 비행기를 타고 지나가는 관광은 재미는 있지만 타자라는 책 표지만 읽을 수 있다. 골목과 시골길을 거닐고 함께 노래하고 먹고 울고 웃는 맨발여행을 통해 타자의 행간을 읽을 수 있다. 일본의 한 부분이라도 가깝게 엿보고, 한국인인 우리는 자기이해를 하는 순간을 거쳐, 너무도 민감한 시대에 한국과 일본이 대화하며 함께 살아갈 길을 구상하는 계기가 되기를 바라며 이 책을 썼다. 연구자로서 축적해온 정보가 녹아 있기만 하지만, 쉽게 풀어써보려 했다. 이 책이 혹시 일본인이나 우리가 보지 못한 일본의 민낯을 드러낸다면 좋겠다.

여행은 귀한 책이다. 잊지 못할 교실이다.

이 책을 쓰는 과정에서 오오무라 마스오[大村益夫] 와세다대학 명예교수님과 사모님의 사랑에 감사하지 않을 수 없다. 두 분은 모자란 후학을 아들처럼 돌보아주셨다. 역마살 긴 남편이 유랑하는 동안 가족을 지켜준 아내 김은실 선생과 영원히 응원하는 두 아들 재민, 재혁에게 드린다. 그밖에 하늘과 땅에 절하며 고개 숙여 감사해야 할 존재들이 너무 많아서 어찌해야 할지 모르겠다.

출판사에서 책 이름을 정해주셨다. 적(的) 자를 악착같이 안 쓰는 편인데, '적'이라는 단어가 갖고 있는 모호한 확장성에 동의하여 '일본적 마음'으로 제목을 삼았다. '적'을 쓰니 더욱 일본적이다. 제목까지 정해주신 김현정 대표님께 감사드린다.

이 책이 일본, 넓게는 아시아를 이해하는 마중물이 되면 좋겠다.

2017년 11월 수락산 기슭
김응교

타산지석 시리즈
"여행은 보이지 않는 지도에서 시작된다."

※타산지석 시리즈는 계속 발간됩니다.

책읽는고양이

약간의 거리를 둔다

소노 아야코의 에세이. "좋아하는 일을 하든가, 지금 하는 일을 좋아하든가" "인생은 좋았고, 때로 나빴을 뿐이다" "자기다울 때 존엄하게 빛난다" 등등 정말 맞는 말이라 무릎을 치게 만드는 조언들, 어이없을 정도로 간단하지만 감히 뒤집어볼 엄두조차 내지 못했던 삶의 진리들이 가득하다. 객관적 행복을 좇느라 지친 영혼을 위로하는 책으로 '나' 자신을 속박해온 통념으로부터 벗어나 나답게 사는 삶으로 터닝할 수 있도록 이끌어준다. 9900원.

매경·교보문고 선정 "2017년을 여는 베스트북"
예스24 선정 "2017년 올해의 책"

타인은 나를 모른다

베스트셀러 《약간의 거리를 둔다》의 작가 소노 아야코가 전하는 '관계로부터 편안해지는 법'. 짧지만 함축적 언어로 인생의 묘미를 표현하는 소노 아야코식 글쓰기가 돋보이는 책으로, 타인과 나는 다르며, 또 절대 같아질 수 없음을 상기시킨다. 이를 통해 타인으로부터의 강요는 물론, 나의 생각을 받아들이지 못하는 상대로 인한 스트레스로부터 편안해지는 기본기를 다져준다. 9900원.

남들처럼 결혼하지 않습니다

소노 아야코의 부부 심리 에세이. 부모의 불화 속에서 자란 저자가 아나키스트 부모 밑에서 자란 남편을 만나 완전히 상반된 부부상을 경험하면서 깨달은 결혼의 본질과 배우자 선택에서부터 성격 차이, 대화, 바람기, 배우자의 가족 등등, 부부가 되어 겪는 다양한 갈등에 대한 이해를 담았다. 10,900원.

좋은 사람이길 포기하면 편안해지지

소노 아야코 에세이. 사람으로부터 편안해지는 법. '좋은 사람'이라는 틀 속에 갇혀 까딱하면 남들 눈에만 흡족한 껍데기로 살기 쉬운 현실 속에서, 타인의 평가에 휘둘리지 않고 굳건히 '나'를 지켜내는 법과, 원망하지 않고 진정 편안한 관계로 가는 지혜를 전한다. 11,800원.

알아주든 말든

소노 아야코 에세이. 나답게 살기 위해 놓치지 말아야 할 '인생의 본질'을 말한다. 성공, 성실, 호감, 좋은 관계 등등 세상의 좋은 것들을 나열하고, 독려했다면 진부했을 것이다. 저자는 오히려 실패, 단념, 잘 풀리지 않았던 관계 등등 누구나 꽁꽁 숨기고 싶어하는 경험들 속에서 인간의 본성과 언행의 본질을 끄집어냄으로써 나를 직시하게 만든다. 11,200원.

조그맣게 살 거야

미니멀리스트 진민영 에세이. 외형적 단순함을 넘어 내면까지 비우는 삶을 사는 미니멀 라이프 예찬론. 군더더기를 빼고 본질에 집중하는 삶을 통해 '성공이 아닌 성장', '평가받는 행복이 아닌 진짜 나의 행복'으로 관점을 바꿔준다. 11,200원.

아버지 가방에 들어가실 뻔

파리를 100번도 더 가본 아트여행 기획자인 아들이 오랜 원망의 대상이었던 아버지와 함께 떠난 단 한 번의 파리 여행을 계기로, 아버지를 이해하게 되고 나아가 가족 내 상처 치유와 관계 회복은 물론, 20여 년 간 일해온 여행업에서도 다시금 맥락을 잡아가는 기적과 같은 변화를 담고 있다. 이를 통해 진정한 '나다운 삶'이란 상처와 조우하는 용기와 언제나 내 편이 되어주고 묵묵히 바라봐주는 가족에 기반함을 전한다. 김신 지음. 13,000원

되찾은 시간

잃어버린 시간을 찾아서 시작한 독립서점 '프루스트의서재'는 단순한 책방이기보다 '나다운 삶'을 실현하는 공간이자 시간이다. 진정성 있는 삶을 찾는 이 책은 '나다움'을 담보로 누리는 우리의 달콤한 풍요에 물음표를 던진다. 박성민 지음. 13,800원.

내향인입니다

홀로 최고의 시간을 보내는 내향인 이야기. 얕게는 내향성에 대한 소개부터 깊게는 사회가 만들어놓은 많은 정형화된 '좋은 성격'에 대한 여러 가지 회의적 의문을 제기한다. 진민영 지음. 11,800원.

리수
아름다운 나이듦

나다운 일상을 산다
소노 아야코 지음 | 김욱 옮김 | 182면 | 12,000원

아직은 먼 일로 느껴지지만 죽기 전에 무엇을 할 수 있을까 생각해보면 그냥 항상 하던대로 내가 사랑하는 사람들과 일상을 보내는 게 아닐까 싶다. 남편을 위해 가장 익숙한 모습, 익숙한 일상을 만들어주려 했던 소노 아야코. 일상의 존귀함이 느껴지는 책이다. (예스24 에세이 MD 김태희)

후회 없는 삶, 아름다운 나이듦
소노 아야코 지음 | 김욱 옮김 | 184면 | 12,500원

부·권력·명예를 추구하는 과시적인 삶의 자기 파괴를 인식하고, 절망에서도 평온을 찾을 수 있는 삶을 소개한다.

좋아하는 일을 찾는다
사이토 시게타 지음 | 신병철 옮김 | 168면 | 9,900원

인생은 보물찾기와 같다. 보물은 의외의 장소에 숨겨져 있는 경우가 많은데, 그것은 스스로 찾지 않으면 찾을 수 없다. 대수롭지 않은 실패 때문에 고민하거나 망설이지 말고 지금 바로 첫걸음을 내디뎌보라고 조언하는 책.

늙지 마라 나의 일상
미나미 가즈코 지음 | 김욱 옮김 | 248면 | 12,000원

건강한 노년을 위한 구체적인 적응법과 생활법을 전하는 책으로 육체적인 노화에 따른 변화를 어떻게 받아들이고 대처해나가야 하는지를 다룬다.

취미로 직업을 삼다

김욱 지음 | 176면 | 11,200원

몸은 늙어도 뇌는 늙지 않는다고 한다. 나이가 들어 열정이 사라지는 것이 아니라 열정이 사라져서 나이가 든다. 나이듦은 노화가 아니라 진화다.

어떻게 나이들 것인가

미나미 가즈코 지음 | 김욱 옮김 | 180면 | 13,500원

노취를 없애라, 나이 들수록 화장은 필수, 낮의 침대와 밤의 침대를 구분한다 등 구체적인 생활법을 전하는 노년생활백서. 어르신을 모시는 자녀들에게도 필독서다.

나는 이렇게 나이들고 싶다

소노 아야코 지음 | 오경순 옮김 | 286면 | 12,000원

농익은 내면의 휴식기인 노년에 보다 가치 있는 삶과 행복을 영위하기 위해 중년부터 어떠한 마음가짐과 준비를 해야 하는지 말해주는 책.

나이듦의 지혜

소노 아야코 지음 | 김욱 옮김 | 176면 | 13,500원

고령화 사회 속에서 행복한 노년을 보내는 7가지 정신을 다룬 책으로, 외부적 요인에 흔들리지 않는 자신만의 능력을 준비할 것을 강조한다.

마흔 이후 나의 가치를 발견하다

소노 아야코 지음 | 오경순 옮김 | 246면 | 13,000원

정체된 듯한 중년의 모습을 되돌아보게 하고, 마음 한구석에 중년 이후의 삶에 대한 기대를 품게 만드는 책.

Look at Yourself 단편소설에서 나 다운 삶을 찾다!